정정혜 글·그림

이제 막 스케치를 시작했을 뿐이야!

자음과모음

차례

1. 이제 막 스케치를 시작했을 뿐이야

어떤 그림이 완성될지는 아무도 몰라 ★ 9

준비물은 즐거운 마음! ★ 18

선이 삐져나와도 괜찮아 ★ 25

내가 고양이를 그리는 이유 ★ 34

마음에 드는 그림은 낙서에서 시작해 ★ 41

오늘은 거꾸로 그려 볼래? ★ 50

2. 그림에 생기를 불어넣어 보자

무슨 색으로 칠하면 좋을까? ★ 61

색연필의 보송보송함이 좋아 ★ 71

두 색을 겹치면 새로운 색이 나오지 ★ 78

물감은 마르는 시간이 필요해 ★ 85

모두 꼼꼼히 칠할 필요는 없어 ★ 96

같은 것도 여러 번 그려 보기 ★ 103

3. 세상은 나의 캔버스

뾰족했던 연필심도 무뎌지기 마련 ★ 115

나만의 속도로 하나둘 ★ 123

작은 세상들을 채집하자 ★ 130

그림이 마음의 빈자리를 채워 줄 수 있을까? ★ 140

한 발 뒤로 물러서서 바라보기 ★ 149

오늘도 나는 꿈을 그려 ★ 156

에필로그 ★ 164

1

이제 막 스케치를
시작했을 뿐이야

어떤 그림이 완성될지는
아무도 몰라

"작가님, 그림을 어떻게 완성하실 거예요?"

어느 전시회에서 라이브 페인팅 중인 그림 작가에게 한 관람객이 질문했어. 작가는 캔버스로 향하던 붓을 거두고 이렇게 대답했어.

"저도 어떻게 완성될지 몰라요."

작가의 말에 주위에 있던 관람객 모두가 놀란 표정을 지었어. 그런데 정말 그 말이 맞아. 그림을 그리는 사람도 자신의 그림이 완성되기 전까지는 어떤 그림이 될지 알 수 없거든.

올해 초, 새해를 맞이해서 백 명의 디자이너가 함께하는 연하장 전시에 참여하게 되었어. 그 전시를 위한 그림을 준비했을 때의 일이야. 고민을 거듭하여 사랑을 주제로 잡고, 고양이의 몸으로 하트 모양을 표현하는 일러스트를 그리겠다는 기획서를 제출했어.

그 이후에 기획한 대로 스케치를 해 나갔는데 그림이 영 마음에 들지 않았어. 어떻게든 처음에 생각한 대로 완성하고 싶어 여러 번 다시 그려 봤지만, 스케치 단계에서 손이 묶여 버렸어. 마감 일정은 다가오지, 그림은 생각처럼 안 그려지지, 마음이 점점 조급해졌어. 그렇다고 마음에 들지 않는 그림을 계속 그릴 수는 없었어. 그때 나는 결단을 내렸어.

"그래, 처음부터 다시 그리는 거야!"

얼마 후 전시장에는 내가 처음에 생각했던 스케치와는 전혀 다른 새로운 그림이 전시됐어. 그 그림은 하얀 양말을 신은 고양이의 발과 하트 모양의 우주, 작은 열매와 잔가지가 'LOVE 2024'라는 글자와 함께 있는 그림이었어. 전시가 끝나고 아이패드를 만지작거리다 '타임 랩스(그리는 과정을 녹화하는 기능)'로 전시회에 낸 그림을 그린 과정을 담은 영상을 재생했어. 화면 위로 수많은 선이 지렁이가 춤추듯 꼬불거리며 나타났다 사라지기를 여러 차례 반복한 끝에 스케치가 끝났어. 수십 개의 스케치가 그려졌다 지워지는 광경을 보고, 손바닥만 한 그림을 한 장 완성하는 데에도 정말 많은 고민이 필요하다는 걸 다시 한번 깨달았어.

맞아. 그림을 완성하는 방법은 계속 고민하고 그려 나가는 방법 외에는 없는 것 같아. 나처럼 그림을 그리다 보면 처음 구상했던 이미지에서 완전히 벗어나 아예 다른 그림이 되는 일도 왕왕 있을 거야. 하지만 괜찮아. 완성된 그림이 어떤 그림이 될지는 이십 년 가까이 그림을 그리고 있는 나조차도 백 퍼센트 확신할 수 없으니까. 혹시 또 모르잖아. 헤매다가 전혀 상상도 못했던 멋진 그림이 그려질지 누가 알겠어?

내가 어릴 적 여러 꿈을 마음속에 품었던 시간도 그림을 스케치하는 과정과 닮았어. 처음에는 종이 위에 그어진 선 하나처럼, 작은 관심이 시작이었어. 그 선들을 그리고, 지우고, 다시 그리기를 반복하다 보니 어느새 어린 시절의 내가 꿈꿨던 그림이 그려져 있더라.

　내가 기억하는 첫 번째 꿈은 유치원 선생님이야. 아주 어렸을 적부터 나보다도 작은 어린아이들이 너무 귀엽고 사랑스러웠어. 유치원 선생님이 되어 천사 같은 아이들을 매일 만날 수 있다면 정말 행복할 것 같았지.

　두 번째 꿈은 화가였어. 일곱 살의 나는 언제나 그랬듯 집 거실 바닥에 엎드려 부지런히 그림을 그리고 있었어. 아빠가 그 모습을 보더니 말씀하셨어.

　"우리 정혜, 삽화가 하면 잘 하겠다."

　삽화가는 요즘 많이 쓰는 단어인 일러스트레이터와 같은 말이야. 어릴 때는 무언가를 조금만 잘하거나 관심 있어 하는 것만으로도 어른들이 막 칭찬을 해 주시잖아.

　"우리 ○○, 크면 유명한 축구 선수 되겠네~!"

　"우리 ○○, 완전 가수네, 가수~!"

　이렇게 말이야. 나도 "정혜는 커서 화가 하면 되겠다"라는 말을 종종 듣고는 했어. 이 말을 들을 때마다 어깨가

으쓱하고 심장이 두근두근 콩콩 뛰었어. 자연스레 '화가가 되어 좋아하는 그림을 그리며 살면 얼마나 좋을까?'라고 생각하며 화가를 꿈꾸게 되었어.

그러다 초등학생이 되었어. 초등학교 일 학년 때 나보다 두 살 위인 언니 무화과의 피아노 학원 발표회를 보러 간 적이 있었어. 예쁜 드레스를 입고 무대 위에서 피아노를 연주하는 언니의 모습을 보고 반해 엄마를 졸라 이듬해 나도 언니와 같은 피아노 학원에 다니게 됐어. 그래서 세 번째 꿈은 피아니스트였냐고? 하하, 기다려 봐. 우리 말은 끝까지 들어야 그 뜻을 알 수 있다잖아.

그날도 나는 내 수업 차례가 오길 기다리며 악보책 위에서 손가락을 튕기면서 연습하고 있었어. 연습이 지루해질 때쯤 학원 구석에 놓인 나지막한 민트색 책장에 눈이 갔어. 책장에는 두꺼운 책들이 잔뜩 꽂혀 있었는데, 전부 『보물섬』『아이큐 점프』 같은 어린이 만화 잡지였어. 그중 한 권을 꺼내 펼치자마자 나는 만화 속 세상으로 빨려 들어갔어.

몇 달간 부지런히 학원을 다녔지만, 내 피아노 실력은 잘 늘지 않았어. 피아노를 치는 시간보다 빛바랜 노란 장판이 깔린 좁은 학원 바닥에서 색칠 공부 놀이를 하고, 만화책을 보는 게 내겐 더 재미있는 일이었거든. 피아노를 배우러 갔다가 엉뚱하게도 만화의 재미를 알아 버린 나는 연습장에 만화를 그리며 만화가라는 새로운 꿈을 꾸게 되었어.

 내가 열 살이 되던 해에 막냇동생 도토리가 태어났어. 도토리가 태어난 뒤로는 항상 학교가 마치기 무섭게 집으로 달려갔어. 엄마 곁에 붙어 아기 돌보는 법을 배우며 도토리를 지극정성으로 돌봤지. 아기 도토리는 쑥쑥 자라 어느덧 그림책을 볼 수 있는 아이가 되었어. 도토리는 하루에도 수십 번씩 읽었던 책을 질리지도 않는지 또 읽어 달라고 졸랐지. 동생 둘(밤톨이와 도토리)을 양옆에 앉혀 놓고 그림책부터 만화책까지 책이란 책은 모조리 읽어 주었어. 나름 진지하게 티브이 만화 영화 속 성우들을 따라 하며 책 속 캐릭터를 연기하면, 동생들은 재미있었는지 끊임없이 앙코르를 요청했어. 목이 아프고 힘들었지만, 너무 좋아하니까 뿌듯하고 재미있었어. 그때는 커서 성우가 되면 좋겠다고 생각했어.

두 동생에게 읽어 줄 책이 떨어지면 언제나 집 근처 도서관에 갔어. 높은 언덕 위, 빨간 벽돌로 지어진 작고 오래된 도서관. 보물찾기를 하듯 내 키보다 훨씬 높은 책장 사이에서 동생들에게 읽어 줄 책을 골랐어. 도서관에 가면 책에 빠져 밥 시간이 지나도 배고픈 줄 몰랐어. 도서관을 참 좋아해서 여기가 우리 집이면 좋겠다는 생각을 할 정도였단다. 좋아하는 책들 사이에서 하루를 보내는 사서 선생님은 얼마나 행복할까? 라고 생각하며 도서관 사서가 되는 꿈을 꾸기도 했지.

중학생이 되어서는 학교 가는 날이면 하루도 빠짐없이 학교 앞 문방구를 드나들었어. 마치 참새가 방앗간을 드나들듯 말이야. 새로 나온 편지지를 구경하고 사 모으는 일은 정말 행복했어. 편지지를 좋아하다 보니 직접 편지지와 봉투를 디자인해서 친구에게 편지를 쓰거나 친구들이 부탁한 편지지를 만들어 주기도 했어. 그 시절 나에게 편지지 만들기는 즐거운 취미였어. 그래서 편지지를 만드는 '바른손' '날고 싶은 자작나무' '모닝 글로리' 같은 문구 회사에서 그림을 그리며 물건을 만드는 일도 참 재미있을 것 같았어.

옛 기억을 하나하나 떠올려 보니 어린 시절의 나는 정말 여러 꿈을 가졌던 것 같아. 와! 그러고 보니 지금 나는 어린 시절의 꿈 중 몇 가지를 이뤘네. 일러스트레이터가 되어 그토록 좋아하던 책을 위한 그림을 그리고, 내가 만든 캐릭터로 만화를 그리며 디자인 문구도 만들고 있으니까 말이야. 그리고 성우가 되진 못했지만, 도서관에서 동화 구연 자원봉사를 하고, 유치원 선생님은 아니지만, 대학교 졸업 후 학교와 도서관 등에서 강의도 하고 있어. 어린 정혜가 이 사실을 알게 된다면 정말 깜짝 놀라겠지? 그렇게 생각하니 내가 꿈꾸었던 일을 조금씩이나마 이룬 지금이 정말 신기하기만 해.

어느 날, 아이들에게 선을 하나 죽 그은 종이를 나눠 주고, 이 선을 가지고 상상하여 자신만의 그림을 완성해 보는 수업을 한 적이 있어. 어느덧 교실에는 쓱싹쓱싹 연필 소리만 울려 퍼졌지.

그리기로 한 시간이 끝나서 완성된 그림을 함께 감상하는데, 그림을 보여 줄 때마다 교실 곳곳에서 와! 하는 감탄사가 터져 나왔어. 아무렇게나 그었던 평범한 선 하나가 아이들의 손끝에서 예쁜 정원이 있는 작은 집, 커다랗고 힘센 공룡, 먹음직스러운 음식이 차려진 식탁으로 변신했어. 생각지도 못한 재미나고 멋진 그림들이 아이들의 수만큼 완성된 거야.

우리는 이제 막 스케치를 시작했을 뿐이야. 종이 위에 그린 평범한 선 하나는 네가 상상하는 무엇이든 될 수 있어. 지금 너는 어떤 그림을 그리고 싶니?

준비물은 즐거운 마음!

수영을 시작하기 전에는 준비 운동을 하면서 몸을 따뜻하게 데우고, 맛있는 빵을 구우려면 오븐을 미리 적정 온도로 예열해야 하는 것처럼, 어떤 일이든 시작하기 전에 저마다 준비해야 할 것이 있어. 그럼 우리가 그림을 그리기 위해 준비해야 하는 건 뭘까?

"그림을 시작해 보고 싶은데, 작가님이 사용하시는 아이패드 프로 모델을 사면 될까요?"

"미술 재료는 어느 브랜드에서 나온 걸 사용하세요?"

"서너 달 정도 학원에서 배우면 그림을 잘 그릴 수 있나요?"

그림을 시작하고 싶다는 사람들에게 종종 이런 질문을 받아. 사람들의 말처럼 좋은 기기와 재료를 사고, 멋지게 그리는 스킬을 배울 수 있으면 좋겠지. 하지만 비싼 도구와 뛰어난 그림 실력을 가지고 있지 않다고 해서 그림을 그릴 수 없는 건 절대 아니야. 그림을 그리는 데 있어 도구보다 더 중요한 준비물이 있단다. 그건 바로 '즐거운 마음'이야.

학창 시절, 시간표에 적힌 '미술'이라는 두 글자는 급식 식단표에 표시해 둔 좋아하는 메뉴가 나오는 날의 점심

시간을 기다리는 것보다도 나를 설레게 만들었어. 미술은 내가 가장 좋아하는 과목이었거든. 그때도 지금처럼 그림 그리는 일이 너무 재미있고, 그림을 그리고 있으면 그냥 기분이 좋고 즐거웠어. '즐거운 마음'은 내 시간과 세상의 시간이 서로 다르게 흘러가는 느낌, 주위 소음이 차단되고 이 세상에 나 혼자 있는 것처럼 어떤 것에 푹 빠지는 순간, 마치 휴대폰의 비행기 모드를 켠 것 같은 상태가 되어 아무에게도 방해받지 않고 나 자신도 잊은 채 무언가에 온전히 몰입하는 시간. 그 순간에 만끽할 수 있는 행복한 마음인 것 같아.

중학생 때 내게 '찐 즐거움'을 주는 것은 바로 만화였어. 쉬는 시간 종이 울리면 연습장을 펼쳐 만화를 그리고, 만화 동아리에 들어가 만화를 좋아하는 친구를 사귀고, 최애 만화 캐릭터가 그려진 엽서와 스티커를 모으고, 대여점에서 만화책을 빌려 보고, 모아둔 돈을 한 번씩 탈탈 털어 만화 잡지를 샀어. 좋아하는 만화가의 팬 사인회 소식을 듣고 길치인 주제에 겁도 없이 멀리 시내의 서점에 가기도 했어. 구름 떼같이 길게 줄을 선 사람들을 따라 대기표 229번을 받고 세 시간을 기다려서 만화가 선생님을 만났어. 요즘 말로 실물 영접! 바로 눈앞에 있는 작가님께 직접 사인을 받다니! 가슴이 방망이질을 쳤어.

지금은 휴대폰만 켜면 웹툰을 볼 수 있지만, 90년대에는 만화를 한 달 혹은 격주에 한 번씩 나오는 월간지(『밍크』『윙크』『파티』『이슈』『아이큐 점프』 등)나 주간지(『소년 챔프(코믹 챔프)』 등)를 통해 볼 수 있었어. 그때는 지금처럼 SNS라는 소통 창구가 없어서 독자들은 연재 중인 웹툰에 댓글을 달 듯 애독자 엽서나 팬레터로 좋아하는 작가와 작품에 마음을 전했어. 잡지 뒤편에는 도톰한 종이가 한 장 붙어 있었는데, 그게 애독자 엽서였어.

나는 당시 즐겨 보던 순정 만화 잡지에 열심히 애독자 엽서를 보냈어. 종이의 표시 선을 따라 오려 내어 질문에 답변을 적거나 우편엽서에 그림을 그려 보내면, 잡지사에서 애독자 엽서 페이지에 선정된 사람의 이름과 그림이나 글을 실어 주고 선물도 보내 줬지.

우리 반에는 매달 새로 나온 만화 잡지를 빌려주던 고

마운 친구가 있었어. 그 친구 덕분에 잡지가 나오면 애독자 엽서 페이지를 확인할 수 있었지만, 내 그림이 실린 적은 한 번도 없었어.

그런데 어느 날, 학교에 가자마자 친구가 무슨 큰일이라도 난 사람처럼 달려 왔어. 이번 호 잡지에 내 그림이 실렸다는 거야! 두 눈으로 보고도 믿기지 않았어. 당첨 선물로 받은 건 단편 만화책 한 권이 다였지만 정말 행복했어.

이런 성취까지 경험하니, 나는 만화 그리는 일이 더욱 재미있어졌어. 만화가 세상에서 제일 좋아! 라고 큰 소리로 외치고 싶을 만큼 만화가 좋았어.

한번은 동네의 독립 서점에서 열린 북 토크를 들으러 갔어. 거기서 독자 한 분이 글을 잘 쓰고 싶은데 어렵다고, 어떻게 하면 좋을지 작가님께 조언을 구하는 질문을 던졌어. 작가님은 이런 말씀을 해 주셨어.

"결과를 생각하지 말고 즐기세요. 옆 사람이 뭐 쓰고 있나 곁눈질하지 말고, 지금 내가 쓰고 있는 글을 보세요.

그래야 끝까지 할 수 있는 것 같아요."

그래, 무슨 일을 할 때 완벽하지 않아도 돼. 좀 엉망진
창이면 어때? 무언가를 끝까지 해내는 것도 충분히 대단
하다고 생각해. 그 과정에서 다른 사람과 나를 비교할 필
요도 없어. 그냥 내가 즐거우면 되는 거야.

내가 어른이 되어서도 그림을 그리며 살고 싶다고 생
각한 가장 큰 이유는 정말 단순했어. 그냥 그리는 게 좋아
서, 재미있어서, 그 시간이 즐거워서였어. 그러니 너도 재
미있는 일을 발견하면, 잘할 수 있을지 없을지 미리 결과
를 걱정하거나 너무 겁내지 말고 일단 시작해 봤으면 좋
겠어. 그리고 그 시간을 마음껏 즐겨 봐. 그렇게 이것저것
하다 보면 내가 정말 좋아하고 즐거워하는 일이 무엇인
지 알게 될 거야.

어떤 일이든 스스로 재미있고 즐거워야 계속할 수 있
어. 게다가 그 일이 내가 정말로 좋아하는 일이라면, 계속
해서 즐기다 보면 언젠가 잘하게 될 수밖에 없거든. 그러
니 너희가 어른이 되어서도 '즐거운 마음'을 가지고 살았
으면 좋겠어.

"선생님, 제가 그림을 잘…… 못 그리는데 괜찮아요?"

"그럼! 좀 못 그리면 어때~ 내가 항상 말했지? 그림 그릴 때 제일 중요한 건 뭐다?"

"즐거운 마음이요!!"

너희는 무엇을 할 때 가장 즐겁고 신이 나니?

선이 삐져나와도 괜찮아

포토샵으로 그림을 그리다 선이 삐죽 삐져 나갔어. 그럴 땐 그냥 손가락 두 개로 키보드의 Ctrl+Z(실행 취소 단축키)를 눌러서 되돌리면 그만이야. 그럼 감쪽같이 선을 잘못 긋기 전으로 돌아갈 수 있거든. 최대 천 번까지도 이전 단계로 되돌릴 수 있으니 몇 번 실수했다고 걱정할 필요가 없어. 그런데 현실 세계에서 한 번 일어난 일은 실행 취소가 안 돼.

여기, 되돌리고 싶은 과거의 순간으로 갈 수 있는 능력을 가진 사람이 있어. 내 인생 영화 〈어바웃 타임〉에 나오는 팀이라는 남자아이야. 어느 날 팀은 아빠에게 집안 남자들에게만 대대로 시간 여행을 할 수 있는 능력이 전해 왔다는 걸 듣게 돼. 그때부터 자신이 원할 때면 언제든 그 능력을 사용하지.

하지만 어느 순간 이제 더는 시간 여행으로 자신의 과거를 바꾸지 않기로 결심해. 시간 여행으로 단순히 과거의 일부만 바뀌는 게 아니라, 자신의 소중한 현재도 변한다는 걸 깨달았거든. 팀은 자신이 원하는 인생은 실수와 후회가 남지 않는, 최고로 완벽한 하루를 보내는 것이 아니라 그저 평범한 하루를 평범하게 '잘' 보내는 것이라는 걸 알게 된 거야.

나는 대학교를 졸업하고 부산에 있는 본가로 돌아 왔어. 여기서 일 년 정도만 학교 강의와 프리랜서 일을 병행하다 서울에 있는 출판사나 디자인 회사에 취업할 생각이었지. 그런데 삶이라는 게 어디 계획한 대로 착착 움직이지 않잖아. 집안 사정과 아빠의 건강 문제로 서울로 올라가는 계획은 일 년, 이 년…… 차일피일 계속 미뤄졌어.

아빠가 대장암 말기 진단을 받은 뒤로는 매일 새벽에

지하철을 타고 학교로 강의를 하러 갔다가, 강의가 끝나면 독서실로 다시 출근했어. 내가 오기 전까지 독서실에서 일하시던 엄마는 나와 교대하고 아빠의 병간호를 하러 집에 가셨어. 그리고 나는 카운터에 앉아 독서실 실장 업무를 봤어. 오후 내내 독서실 이용자들을 관리하고 학생들 진로 상담도 해 주며, 틈틈이 의뢰 받은 그림과 연재 중인 웹툰을 그렸어.

그러다 독서실 마감 시간인 새벽 한 시가 되면 천장의 전등을 모두 환하게 켜고, 첫째 동생 밤톨이와 함께 청소를 시작했어. 책상 위에는 사람들의 고민과 걱정이 지우개 가루가 되어 가득 쌓여 있었어. 그걸 쓸어 담고 깨끗하게 닦아 내고 집에 돌아가면 어느덧 새벽 두 시. 모두가 잠든 밤, 미처 못한 작업을 끝내느라 다시 컴퓨터 앞에 앉아 밤새 마감을 하고 또 수업을 하러 갔어.

그 당시 두 동생은 아직 학생이었고, 언니는 결혼해서 독립한 상황이라 자연스레 둘째인 내가 맏이 역할을 하게 됐어. 가족과 내 앞날을 위해서 쉬지 않고 부지런히 돈을 벌어야 했어. 클라이언트로부터 그림 의뢰가 들어오면 거절하지 않고 모두 승낙했어. 그러다 보니 하나의 일을 잘 끝내면 점점 더 많은 일이 꼬리에 꼬리를 물고 이어졌어. 잠을 줄여 가며 일을 쳐내느라 몸은 고되고 힘들었지만, 좋아하는 그림을 그리며 돈을 벌 수 있다는 사실에 늘 감사했어.

매일 똑같이 되풀이되던 월화수목금금금의 삶. 친구들은 나를 보고 싶으면 독서실로 직접 찾아왔어. 휴게실에 마주 보고 앉아 자판기 코코아를 뽑아 마셨지. 그리고 나를 걱정하며 말했어. 가족도 중요하지만, 너는 너의 꿈이 있지 않냐고. 가족을 생각하는 마음의 반만이라도 너의 꿈도 생각했으면 좋겠다고 말이야. 친구들의 말에 알겠다는 대답 대신 멋쩍게 웃었던 기억이 나.

그러던 어느 날, 한 고등학교에서 수업을 하는데 한 학생이 물었어.

"선생님, 과거로 돌아갈 수 있다면 선생님은 다시 돌아가고 싶으세요?"

영화 〈어바웃 타임〉의 팀처럼 시간 여행을 할 수 있는 능력이 생겨 과거로 돌아간다면 어떨까 상상해 봤어. 꿈을 이루기 위해 치열하게 공부했던 십 대와 내 꿈보다 가족들을 먼저 챙겨야 했던 이십 대 그리고 무리하게 일하느라 몸과 마음이 고장 나 버린, 번아웃 증후군을 겪었던 삼십 대가 떠올랐어.

돌이켜 보면 과거의 나는 항상 최선을 다했어. 삶을 즐기지 못하고 지낸 순간들도 있었지만, 언제나 내가 할 수 있는 최선을 다했기에 지나간 시간에 후회가 남지 않는 것 같아. 아마 다시 과거로 돌아가더라도 나는 똑같이 살지 않을까? 과거의 어떤 순간은 삐죽 튀어 나간 선처럼 잘못된 것처럼 느껴질 수도 있지만, 그 모든 과거를 품었기에 지금의 내가 되었다고 믿어. 그 학생에게는 이렇게 답해 주었어.

"난 과거로 돌아가고 싶지 않아. 괜찮으면 나도 하나 물어봐도 돼? 그런데 그게 왜 궁금했어?"

"음…… 선생님은 현재에 만족하며 살고 있는 것 같아서요."

"맞아. 나는 지금의 내 삶이 좋아."

한번은 초등학생 때 가족들과 사직 야구장에 가서 자전거를 빌려 탔어. 그날 처음으로 두발자전거를 탔는데, 처음 탄 것치고는 자전거가 잘 나가서 신이 났었어. 한참을 신나게 타다가 맞은편에서 오는 사람들을 피한다는 게 그대로 꽈당, 자전거와 같이 넘어졌어. 아프기도 아팠지만, 또 넘어질까 봐 무서워서 그 뒤로는 자전거를 타지 못했어.

그러다 결혼 초 남편 복숭아와 떠난 경주 여행에서 자전거를 빌려 타자는 이야기가 나왔어. 겁이 나서 우물쭈물하는 내게 복숭아가 곁에서 봐줄 테니 괜찮다고, 걱정하지 말라고 했어. 복숭아의 말에 용기를 내서 자전거를 타 보았어. 자전거 바퀴 두 개가 울퉁불퉁한 길 위를 달려 나갔어. 안장 위의 엉덩이가 아래위로 콩콩 뛰었어. 중간 중간 균형을 잃고 넘어질 뻔해서 수십 번은 땅에 발을 짚고 멈춰 서야 했어.

그렇게 한참을 뒤뚱대던 자전거가 어느 순간 가볍게 앞으로 나아갔어. 바람을 가르며 달리는 내 옆을 복숭아가 함께 달리며 말했어.

"재미있어요?"

"네! 너무 재미있어요!"

그날 내 다리엔 온통 시퍼런 멍이 가득했지만, 기분만은 정말 최고였어.

너희도 두발자전거를 처음 배운 순간을 한번 떠올려봐. 처음엔 분명 누군가가 도와주지 않으면 잘 못 타고 넘어졌지만, 어느 순간 아무 도움도 없이 씽씽 달리게 되었지? 처음부터 뭐든 다 잘하는 사람은 없어. 어쩌면 실패는 당연한 일이야. 그러니 몇 번 실패한 걸로 '이건 절대 나랑 안 맞아!' 하고 단정 짓지 않았으면 좋겠어.

'이번에 실패했으니 다음엔 더 잘하게 될 거야'라는 용기를 가지고 다양한 경험들을 해 보길 바라. 티베트 속담에 "아홉 번 실패했다면 아홉 번 노력한 것이다"라는 말이 있어. 이 말처럼 실패는 계속 용감하게 도전하는 사람들에게만 주어지는 특별상이라고 생각하면 어떨까?

'긴쓰기'라는 일본의 도자기 수리 기법에 대해 들어 본 적 있니? 긴쓰기 기법은 이가 나가고 깨진 도자기를 옻칠로 붙이고 금가루 등으로 장식하는 거야. 깨진 조각들을 함부로 버리지 않고, 한 조각 한 조각 소중하게 이어 붙여 완성하는 방식이 여러 조각의 자투리 천을 모아 만드는 우리나라의 조각보와도 비슷해.

이 기법의 매력은 깨진 조각을 이어 붙여 만들었기 때문에 완성된 도자기가 마치 금이 간 것처럼 보인다는 거야. 내 눈에는 그 모습이 자신의 몸에 난 상처를 흠이라고 생각하지 않고 당당히 드러내는 사람, 자신의 실패를 감추지 않고 자랑스러워하는 사람처럼 보여서 멋있더라.

만약 우리가 아무것도 하지 않는다면 실패할 일도 없을 거야. 하지만 진짜 실패는 두려워서 아무런 시도조차 하지 않는 거야. 구겨진 종이가 더 멀리 날아간다는 말도 있잖아. 그러니 하고 싶은 걸 하기 위해서, 그리고 더 잘하기 위해서 많이 넘어지자.

앞으로 살면서 데굴데굴 몇 번을 더 구르고 넘어졌다 일어서기를 반복하게 될까? 얼마나 더 많은 멍이 훈장처럼 생길까? 분명한 건 수없이 도전하고 실패하는 경험들이 우리를 전보다 더 성장하게 만들어 줄 거라는 거야.

"해 봐. 해 봐. 실수해도 좋아. 넌 아직 어른이 아니니까."

어릴 때 신나게 따라 부르던 티브이 만화 영화 〈영심이〉의 오프닝 가사야. 이 가사처럼, 실수해도 괜찮아. 어른인 나도 여전히 실수하는걸. 우당탕하면서 무수히 많은 실패를 경험할 때마다 우리는 점점 더 잘하게 될 거야. 우리가 원하던 꿈에 점점 더 가까워질 거야. 그러니까 마음껏 도전하고 마음껏 실패해 보자!

내가 고양이를
그리는 이유

"이모, 궁금한 게 있는데요. 이모는 왜 맨날 고양이만 그려요?"

내가 그림 그리는 걸 구경하던 조카 봄이가 물었어. 그림을 그리던 나는 봄이에게 시선을 돌렸어. 봄이는 전문 인터뷰어 못지 않은 진지한 눈빛으로 내 얼굴을 뚫어져라 바라보며 대답을 기다리고 있었어. 갑작스러운 질문에 어떤 대답을 해야 할지 몰라 고민이 되었지만, 허공을 한 번 보았다가 이렇게 답했어.

"그냥…… 고양이를 좋아해서."

고양이를 좋아해서라니! 좋아하는 마음을 실수로 고백

한 것처럼 쑥스러운 기분이 들었어.

"흠! 이제 알았어요!"

봄이는 어깨를 한 번 으쓱하더니 고개를 끄덕였어. 오랫동안 품어 왔던 의문이 풀렸다는 듯이 휴, 하고 큰 숨도 내쉬었지.

봄이가 왜 그런 질문을 한 걸까 곰곰이 생각해 보니, 나라도 궁금했을 것 같더라. 조카들의 기억 속에서 큰이모인 나는 설날, 추석 할 것 없이 쉬는 날에도 언제나 그림을 그리고 있었으니까. 그것도 항상 고양이를 말이야. 오죽하면 봄이 동생 여름이는 내게 이렇게 말하기도 했어.

"이모~ 있잖아요, 이건 비밀인데요~ 고양이랑 함께 사는 사람은 다 그림을 잘 그려요!"

너희는 책받침을 써 본 적 있니? 책받침은 종이에 글씨를 쓸 때 다음 장에 글씨 자국이 남지 않도록 종이 밑에 받치는 판판한 물건이야. 내가 초등학생 때 가지고 있던 책받침에는 파란 눈을 가진 아기 고양이들이 공원의 연둣빛 잔디 위를 뛰노는 사진이 앞뒤로 인쇄되어 있었어.

사진 속 고양이들의 얼굴이 너무 사랑스러워서 손가락 끝으로 쓰다듬듯 매만졌던 기억이 나. 좋아하는 물건이라 시간이 지나 더 이상 책받침을 사용하지 않게 되어서도 차마 버리지 못하고 한참 가지고 있었어. 뾰족한 귀와 유리구슬 같은 눈, 기다란 수염과 꼬리, 가늘고 보드라운 털, 찹쌀떡 같은 작고 동그란 발, 발바닥에 말랑말랑 폭신한 젤리를 가진 고양이는 나에게 만화 영화나 사진에서나 만날 수 있는, 미지의 세계에 사는 신비로운 존재였어.

고양이를 실제로 처음 본 기억을 들려줄게. 어릴 때 살았던 집에는 대문 앞 계단으로 난 창문을 통해 이웃 가게의 해먹 위에서 낮잠을 자는 고양이 두 마리가 보였어. 햇살이 따뜻한 날이면 한 녀석은 몸을 둥글게 말고, 다른 녀석은 대자로 누워 편하게 잠을 잤지. 이따금씩 기지개를 켜거나 잠에서 깨어 서로의 털을 그루밍해 주기도 하는 그 평화로운 풍경을 한참 동안 숨 죽인 채 몰래 바라봤어.

그날 이후 날씨가 좋은 날이면 종종 창문 밖으로 얼굴을 내밀고 '오늘도 고양이가 있을까?' 하고 고양이가 있는지 확인하는 버릇이 생겼어. 그렇게 고양이를 멀리서 바라만 보던 시절, 고양이는 마치 종이 위의 점 같은 존재였어. 새하얀 종이 위에 검은 점 하나가 찍혀 있으면 조금 신경 쓰이겠지만, 그 점이 있고 없고가 그림을 그리는 데 큰 영향을 미칠 만큼 중요하지는 않잖아. 딱 그 정도의 감정이었지.

내가 고양이를 본격적으로 그리게 된 건 결혼을 하면서부터야. 남편 복숭아가 보살피던 고양이 쿠키와 나초가 (쿠키와 나초 모두 지금은 고양이별로 여행을 떠나 그곳에서 행복하게 살고 있어) 결혼과 동시에 내 삶에도 풍덩 들어오게 되었어. 학교 수업이 없는 날에는 눈을 뜰 때부터 잠들 때까지 온종일 고양이들과 함께 지냈어. 멀리서 지켜보기만 하던 고양이를 곁에서 마음껏 바라볼 수 있다니! 그들의 하루를 가만히 바라보는 것만으로도 설레고 신기하고 행복했어.

괴팍하지만 사실은 세상 누구보다 다정했던, 헤어 드라이기의 따뜻한 바람을 좋아했던 특이한 고양이 쿠키와 자그마한 체구에 승부욕만큼은 우주 최고인, 콧노래를 즐겨 부르던 수다쟁이 나초. 쿠키와 나초를 보고 있으면 그림을 그리고 싶은 마음이 자주 들었어. 그럴 때마다 연습장을 펼쳐 고양이를 그렸어. 언젠가부터 내 연습장과 휴대폰의 사진첩은 쿠키와 나초, 길에서 만난 고양이들로 가득 찼어.

봄, 여름, 가을, 겨울의 사계절과 일 년, 이 년…… 십이 년. 아이들과 함께한 시간이 소리 없이 내리는 눈처럼 쌓여 가는 동안 설탕이와 단팥이, 후추, 설기와 시루라는 새로운 가족을 맞이하기도 했어. 그 시간 속에서 우리는 서로의 눈빛만 봐도 하고 싶은 말이 무엇인지 아는 사이, 마음을 나누는 친구가 되었어.

고양이를 좋아하게 된 후로 내 그림 속에는 언제나 고양이가 있어. 신기하게도 고양이 그림을 그리면 그릴수록 고양이가 점점 더 좋아졌어.

어린 시절에 아빠가 찍은 빛바랜 사진 속에는 언제나 우리 사 남매와 엄마의 모습이 가득 담겨 있었어. 아빠의 사진을 볼 때면 카메라 렌즈 너머 가족을 바라보는 다정하고 따뜻한 아빠의 시선이 느껴져서 좋았어. 역시 좋아하는 마음은 숨길 수가 없나 봐.

'그리다'라는 단어가 그림을 그린다는 뜻 외에 '사랑하는 마음으로 간절히 생각하다'라는 뜻도 가지고 있다는 걸 아니? 화가 모네가 사랑하는 아내 카미유를 모델로 한 수많은 그림을 평생 동안 남겼던 것처럼, 우리가 그리는 그림에는 자연스레 사랑하는 대상과 그 마음이 드러나는 것 같아.

그저 종이 위 작은 점에 불과했던 고양이라는 존재는 쿠키, 나초와 가족이 되어 서로 마음을 주고받으면서 (작은 점이) 기다란 선이 되었고, 이윽고 드넓은 면이, 마침내 우주만큼 커다란 그림이 되었어. 고양이를 그리다 보니 전에는 몰랐던 고양이라는 존재에 대해 깊이 생각하고 이해할 수 있었어. 고양이에 대한 마음도, 고양이라는 세계도 내 안에서 점점 커져 갔어.

얼마 전 글쓰기 모임에서 여럿이 함께 모여 쓴 글들을 책으로 만들었어. 그때 책에 들어갈 작가 소개가 필요했는데, 고민 끝에 나는 이렇게 써서 냈어.

"좋아하는 것을 소중히 여기는 마음으로 쓰고 그립니다. 다정한 고양이와 따뜻한 햇살, 상냥한 마음을 좋아합니다. 저도 누군가에게 그런 사람이고 싶습니다."

어느덧 고양이는 내 삶에서 빼놓을 수 없는 소중한 존재가 되었어. 이제는 자신 있게 말할 수 있어. 내가 고양이를 그리는 이유는 고양이를 좋아해서라고 말이야.

마음에 드는 그림은
낙서에서 시작해

  중학생 시절의 나는 잠들기 전에 다음 날 시간표를 보며 책가방을 쌌어. 책가방에 교과서와 노트, 필통을 차곡차곡 챙긴 다음 꼭 넣었던 게 있어. 바로 그림 전용 연습장이었어.

  매 쉬는 시간 종이 울리면 책가방에서 연습장을 꺼내 신나게 그림을 그렸어. 내게 쉬는 시간은 시간표에는 없는 '나만의 그리기 시간'이었어. 연습장을 거의 다 써 갈 때쯤이면, 몇 장 안 남은 페이지를 손으로 세어 가며 장수를 계속 확인했어. 하루라도 빨리 새 연습장을 쓰고 싶어서 평소보다 더 열심히 그렸지. 연습장의 마지막 장까

지 다 채우면 문방구로 달려가 가장 두꺼운 연습장을 골
랐어. 그렇게 새로 사 온 연습장을 처음 펼칠 때의 설레는
기분이 정말 좋았어.

그런데 어른이 된 후, 언젠가부터 새 연습장이나 흰 종
이를 보면 설레기보다는 겁이 났어. 어릴 때는 연습장보
다 몇 배나 더 큰 (은행에서 나눠 주는) 벽걸이 달력 뒷면에
도 거침없이 그림을 그렸는데, 어째선지 지금은 손바닥
만 한 종이에도 그림 그리기가 막막하고 겁이 날 때가 있
어. 새하얗고 깨끗한 연습장의 첫 장을 망치면 안 될 것
같은 기분이 들어. 너희도 그런 기분이 든 적 있니?

이 년 전, 남편과 함께 온라인 강의와 광고를 찍게 되어 촬영 전날 미리 서울로 올라갔어. 촬영 당일에 아침을 먹는데 혹시라도 실수할까 봐 밥도 제대로 먹지 못하고 수십 번도 넘게 연습한, 미리 작성한 대본을 내내 보고 있었어. 그런데 남편은 밥도 맛있게 잘 먹고 평상시와 크게 다르지 않아 보였어. 평온해 보이는 남편을 보고 안 떨리냐고 물어봤지. 남편은 "이미 많이 연습했잖아요. 충분히 잘 할 거예요"라고 대답했어. 떨고 있는 나를 보며 지금까지 연습한 대로 하면 된다고, 너무 걱정하지 말라고 말해 주었지. 하지만 그 말을 들어도 긴장이 풀리지 않았어.

남편 복숭아가 먼저 촬영을 시작했고, 남편의 촬영이 끝난 뒤 내 차례가 되었어. 스튜디오에 들어서자마자 아무것도 그려지지 않은 새 연습장을 마주한 것처럼 갑자기 머리가 새하얘졌어. 스튜디오는 새 연습장의 첫 장이 되고, 나는 연필이 된 것만 같았어. 여러 대의 카메라와 눈부신 조명들, 많은 사람의 눈이 나를 향하고 있었어.

창밖이 깜깜해져서야 촬영이 끝났어. "수고하셨습니다!" "걱정하시더니 너무 잘 하시던걸요"라는 사람들의 인사에도 어둡게 땅거미가 진 세상처럼 내 마음은 무겁게 내려앉았어. 지난 몇 주간 밤을 새워 가며 최선을 다해서 준비했는데……. 하루 만에 모든 걸 망친 것 같았어. 좀 틀려도 되는데, 실수해도 괜찮은데, 처음이니까 서투른 게 당연한 건데도 어느 순간 잘해야 한다는 생각과 잘하고 싶다는 마음이 큰 부담으로 다가온 거야.

그날의 기억은 부산으로 돌아와서도 꽤 오래 나를 따라다니며 괴롭혀서, 나는 무엇 하나 잘하는 게 없다는 생각까지 하게 만들었어. 모든 일에 자신감이 바닥났고, 결국 그 마음은 그림을 그리는 일에까지도 영향을 미쳐서 큰 슬럼프가 찾아왔어. 세상에서 제일 좋아하는 그림 그리는 일이, 제일 두렵고 힘든 일이 된 거야. 그때 친구 오렌지가 내 얘기를 듣고 이런 이야기를 해 줬어.

"작업을 너무 힘들어하지 말고, 이게 다 너 자신을 만들어 가는 것이라고 생각하면 좋을 것 같아. 그러니까 너무 잘하려고 스트레스 받지 마. 지금의 하나하나가 쌓여서 정혜만의 작품을 만들어 줄 거야."

그날도 그려지지 않는 그림을 꾸역꾸역 붙잡고 있는

데, 옆에서 작업 중인 남편의 스피커를 통해 이런 노래가 흘러나왔어. "하기나 해. just do it!"(GRAY, 〈하기나 해〉)이라고 여러 번 반복되는 그 가사가 그날따라 나에게 해 주는 응원처럼 들렸어. 망쳐도 괜찮으니 시작해 보라고. 용기내 보라고 말이야. 그날 그 노래를 계속 반복해서 들었어. 그리고 이 말을 스스로에게 해 주었지.

"정혜야, 좀 더 자신을 가져도 돼. 너는 지금도 충분히 잘하고 있어. 스스로를 믿으렴."

나는 다시 용기를 내기로 했어.

"정혜야, 갑자기 물에 빠지면 헤엄칠 줄은 알아야 하지 않겠니?"

대학교 3학년 때 엄마는 갑자기 방학 동안 수영을 배워 보라고 하셨어. "에이~ 엄마도 수영할 줄 모르잖아요~"라고 장난스레 대답했지만, 생각해 보니 아주 틀린 말은 아니었어. 물 공포증이 있었지만, 물에 뜨는 법이라도 배우자는 생각으로 교내 체육 센터의 새벽 수영 초급반을 등록했어.

수업 첫날, 샤워실에서 수영복으로 갈아입고 나오는데, 덱 위로 찰랑이는 물을 보자 몸이 빳빳하게 굳었어. 도망치고 싶은 마음이 굴뚝같았지만 포기하지 않고 매일 새벽 수영을 배우러 갔어. 하루, 이틀…… 물에 익숙해져 갈 때쯤 드디어 물에 뜨는 법을 배우는 날이 되었어. 선생님의 시범을 따라 숨을 크게 들이마시고 얼굴을 물속에 넣었어. 그리고 몸에 힘을 뺀 채 물에 엎드리듯 팔을 앞으로 쭉 뻗자 마법처럼 몸이 물 위로 두둥실 떠올랐어. 긴장을 푸는 순간 물이 나를 들어 올려 줬어. 정말 신기한 경험이었어.

물에 뜨는 법을 처음 배웠던 날, 물에 뜨기 위해 온몸의 힘을 빼고 긴장을 풀어야 했던 것처럼 그림을 그릴 때에도 너무 많이 긴장하면 좋은 그림을 그릴 수 없어. 그런데 언젠가부터 나는 힘 빼는 법을 잊어버렸던 것 같아.

어떤 일을 '좋아하는 마음'이 커지면 자연스레 '잘하고 싶은 마음'이 부록처럼 뒤따라온다는 걸 알고 있니? 우리가 푹 빠질 만큼 좋아하는 일이 생기면 더 잘하고 싶은 마음이 드는 건 당연한 것 같아. 그 마음이 좋아하는 마음보다 훨씬 커져서 무서운 마음이 들 때는 이렇게 해 봐. 두려움과 불안이라는 커튼 뒤에 가려진 내 진짜 마음을 알아차려 보는 거야. 순수하게 좋아했던 그 마음을 알아주기만 해도 잘하고 싶어서 바짝 긴장했던 마음이 한결 편안해질 거야.

우리 약속해. 그런 마음이 들 땐 이렇게 생각해 보는 거야. '내가 이렇게 불안한 마음이 들 정도로 이 일을 많이 좋아하고, 잘하고 싶어 하는구나!'라고 말이야.

그래도 잘하고 싶다는 생각이 부담으로 변해서 몸과 마음이 자꾸 작게 움츠러들 때는 어떻게 해야 할까? 나는 나만의 방법을 찾아냈어. 새 연습장(백지)의 두려움을 작게 만드는 방법! 벌써 몇 년 째 효과를 톡톡히 보고 있으니까 한번 믿고 따라 해 봐.

새 연습장과 친해지는 방법

① 첫 페이지는 그냥 휙 넘기고 두 번째 페이지부터 그림 그리기

단지 첫 페이지만 넘겼을 뿐인데 마음이 훨씬 편해져.

② 첫 페이지에 연습장을 사용하기 시작한 날짜 적기

첫 페이지 가운데에 낙서하듯 대충 그날의 날짜를 적고 넘어간 다음, 연습장을 다 쓰고 나면 다시 첫 페이지로 돌아와서 바로 아래에 다 쓴 날짜를 추가로 적어 봐. 그러면 나중에 얼마 동안 사용했던 연습장인지 알 수 있어서 좋아.

③ 귀퉁이에 손톱만큼 조그마한 낙서 그리기

나는 주로 동그란 얼굴의 내 캐릭터를 그리는데, 하트나 스마일처럼 정말 간단한 낙서를 그려 넣는 것만으로도 훨씬 부담이 적어질 거야.

어때? 새 연습장에 그림 그리기가 훨씬 쉬워졌지?

낙서는 긴장과 걱정으로 굳은 마음을 풀어 주는 마음의 스트레칭 같아. 특히나 의뢰 받은 그림을 그릴 때, 잘 그려야 한다는 부담감에 오히려 마음처럼 그려지지 않고, 무엇을 그려야 할지 막막한 순간이 많았어. 그럴 때마다 종이 한쪽 귀퉁이에 낙서를 했어. 아무 생각 없이, 정말 아무렇게나 낙서를 하다 보면 어느새 긴장이 풀렸어. 그렇게 그린 낙서에서 괜찮은 아이디어가 꽤 많이 나와서 그 낙서를 토대로 스케치를 시작하기도 했어. 낙서에서 시작한 그림 중 마음에 드는 그림이 제법 있기도 했단다.

마음에 드는 그림이 낙서에서 시작되는 것처럼, 지금 네가 관심이 가거나 하고 싶은 일이 있다면 몸과 마음에 힘을 빼고 가벼운 마음으로 한번 시작해 보는 건 어때?

오늘은 거꾸로 그려 볼래?

"선생님, 저는 한쪽 얼굴이 자꾸 이상하게 그려져요."

수업 시간, 한 아이가 울상이 되어 말했어. 얼굴 정면을 그릴 때 왼쪽 얼굴은 잘 그려지는데, 항상 반대편이 마음에 들지 않는다는 거야. 이 친구처럼 그림을 그릴 때 어느 부분은 자신 있는데, 다른 건 어렵다고 말하는 친구들이 많아. 너희도 그리고 싶은 형태를 정확하게 표현하고 싶은데 잘 그려지지 않는다면, 오늘은 이렇게 그려 보는 건 어때? 한번 거꾸로 그려 보는 거야.

미술에서 형태감(사물의 생김새나 모양을 표현하는 감각)을 익히기 위해서 연습하는 방법 중 하나가 바로 이 '거꾸로 그리기'야. 방법은 아주 간단해. 우선 그리고 싶은 대상이 담긴 사진을 휴대폰에 저장하거나 종이에 출력해서 거꾸로 보이게 둔 다음, 찬찬히 관찰하며 따라 그리는 거야. 생각보다 간단하지?

그날은 거꾸로 그리기 수업을 하는 날이었어. 휴대폰으로 여러 각도에서 자신의 얼굴을 찍고, 그 사진을 거꾸로 두고 따라 그리게 했어. 처음에 학생들은 그림을 그리다 자꾸만 고개를 들고 정말 이렇게 그리는 게 맞냐는 표정을 지었어. 하지만 어느 순간부터 눈앞의 사진과 그림에 몰입하고 있더라고.

완성된 그림을 다시 똑바로 돌려서 칠판에 붙이자, 모두의 입에서 헉하고 놀라는 소리가 나왔어. 거꾸로 보고 그렸으니 당연히 엉망일 것이라 생각했는데, 오히려 바로 보고 그렸을 때보다 훨씬 더 정확한 형태의 그림이 나왔거든.

어떻게 이런 마술 같은 일이 가능할까? 그건 바로 거꾸로 보고 그리면 우리가 평소에 많이 쓰는 좌뇌의 개입이 줄어들기 때문이야. 그 대신 평소 잘 사용하지 않던 우뇌가 열심히 움직이면서 불필요한 판단 없이 오로지 눈에 보이는 형태에만 집중해 관찰한 그대로 그리게 되는 거지. 다시 말해 거꾸로 보고 그리기는 어릴 때 철봉에 거꾸로 매달려 하늘을 보듯이, 평상시에 익숙하게 바라보던 것들을 색다르게 바라볼 수 있게 해 줘.

한 학년씩 올라갈수록 미술 시간이 어렵게 느껴진 적이 있니? 우리가 그림 그리는 일을 갈수록 어렵게 느끼는 이유는 나이가 들수록 사람 사귀는 일을 점점 힘들어하는 것과 비슷해. 키가 한 뼘씩 더 자랄수록 눈에 보이는 그대로가 아니라 자꾸만 내가 경험하고 생각한 대로 그리려고 하게 되거든.

새로운 친구를 사귈 때도 내가 이전에 만나온 사람들을 떠올리며 이 친구를 제대로 겪어 보기도 전에 이러이러한 사람일 거라고 판단하곤 하지. 거꾸로 그리기는 그림을 그릴 때에만 필요한 게 아니라 우리가 살아가며 나와 타인, 세상을 편견 없이 바라보기 위해서도 꼭 필요한 연습이야.

어릴 때, 정정혜라는 흔치 않은 이름 때문에 아이들이 "쩔쩔매!" "정정해! 수정해!" 같은 짓궂은 별명을 지어 놀리고는 했어. 그래서 상처도 많이 받았어. 안 그래도 부끄럼 많고 소심한 성격인데 그런 일들을 겪으니 점점 더 움츠러들었어. 많고 많은 예쁜 이름 중에 하필 내 이름은 왜 이렇게 지은 걸까? 사람들 앞에서 이름을 말하는 게 너무 부끄러웠어.

하지만 지금은 내 이름이 정말 좋아. 아빠가 심사숙고하여 지어 주신 내 이름 '정혜'는 情(마음 정) + 惠(줄 혜)로, '마음을 준다'라는 따뜻하고 특별한 의미가 담겨 있다는 걸 아니까.

예전에는 내 성격도 이름만큼이나 마음에 들지 않았어. 내성적이라 하고 싶은 말이 있어도 제대로 못 한 적이 많았고, 타인을 지나치게 배려하느라 오히려 나를 챙기지 못해 억울한 일을 겪기도 했거든.

한번은 친구들과 여럿이 팀을 이뤄 역할을 분담해서 작품을 만들 때였어. 그런데 나와 한 친구가 맡은 부분에서 문제가 생겼어. 다른 친구 중 한 명이 누가 이렇게 한 거냐며 불같이 화를 냈어. 그러자 나와 같이 작업했던 친구가 자신이 한 게 아니라고 발뺌을 하는 거야. 그런데 그 실수는 내가 한 일이 아니었어. 내 잘못은 아니었지만, 그땐 이렇게 생각했어.

'그리 큰일도 아니고, 누구나 실수를 할 수 있는 거니까 저 친구와 잘잘못을 따지며 싸우기보다는 그냥 내가 한 번 참으면 되지 않을까?'

나는 팀원들에게 미안하다고 말했어. 그리고 그날 이후, 화를 냈던 친구의 태도가 내게만 쌀쌀맞게 변했어. 그렇다고 이제 와서 사실대로 내가 한 일이 아니라고 할 수도 없는 일이었어. 지금도 그때 일을 떠올리면 왜 나 자신을 소중히 여기지 못했을까? 하는 속상한 마음이 들어.

이런 일도 있었어. 친한 친구가 내게 전화로 자주 고민 상담을 했던 적이 있어. 그 당시 친구에게 힘든 일이 있었거든. 처음에 나는 그 친구가 진심으로 걱정 되어 그 고민을 귀담아들어 줬어. 그런데 하루 이틀 전화를 받다 보니까, 언젠가부터는 나에게 연락하면 통화 내내 부정적인 감정들만 쏟아 내는 거야. 내가 마치 친구를 위한 감정 쓰레기통이 된 기분이었어. 더는 감당할 수 없을 만큼 힘들어졌지만, 그 친구에게 쉽사리 내 마음을 말하지 못했어.

예민한 성격 때문에 하지 않아도 될 걱정도 사서 하고, 마음속에 늘 불안을 껴안고 사느라 불면증에 시달리기도 했던 나. 나는 언제부터 이렇게 예민했던 걸까? 하루는 너무 궁금해서 어린 시절의 내 모습을 제일 잘 아는 엄마에게 물어본 적이 있어.

엄마가 말하길 나는 태어났을 때부터 정말 예민했다고 해. 젖을 먹다 잠이 든 나를 이불에 눕히려고 살짝 젖을 빼면 귀신같이 알고 곧바로 깨서 울었다고 하더라. 엄마가 얼마나 고생하셨을지 머릿속에 그려져서 죄송하면서도 웃음이 났어. 아, 나는 어려서부터 다른 사람보다 훨씬 더 예민했던 거구나. 그런 생각이 들자 그동안의 나를 조금 더 잘 이해할 수 있었어.

생각해 보니 내가 가진 예민함이 꼭 단점만은 아니었어. '예민함'을 거꾸로 바라보면 '섬세함'이 되었어. 나는 예민하니까 섬세해서, 나뿐만 아니라 다른 사람의 마음도 잘 알아채고 공감할 줄 아는 거였어. 이렇게 나 자신부터 거꾸로 바라보니, 친구들의 성격도 달리 보이기 시작했어. 급한 성격은 추진력과 행동력으로, 넓은 오지랖은 주위 사람에게 관심과 애정이 많은 성격으로, 우유부단한 성격은 느긋함과 여유로움으로, 말을 가리지 않는 성격은 솔직함으로 말이야.

세상에는 단점만 있는 사람도, 장점만 있는 사람도 없어. 나와 성격이 다르다고 해서 그 친구가 가진 성격이 단점은 아니듯이, 평소에 내 성격에서 단점이라고 생각했던 부분들도 거꾸로 보니 장점이 되었어.

그럼 이제 이 생각을 연장해서 우리가 가진 단점을 장점으로 바꿔 볼까? 집중해서 적어야 하니까, 다 적을 때까지 서로 말 걸지 말기. 약속!

다 적어 봤니? 내가 쓴 목록도 보여 줄게.

단점에서 장점으로 바꿔 보기

- 예민하다 → 남들이 보고 듣고 느끼지 못하는 것들을 알아차리는 섬세함을 가지고 있다

- 생각이 많다 → 상상력이 풍부하고 아이디어가 무궁무진하다
- 손 크기가 작다 → 섬세한 작업을 하기 좋다
- 결정을 하는 데 시간이 오래 걸린다 → 신중하고 꼼꼼하게 고민해서 결정을 내린다
- 고집이 세다 → 하고 싶은 일이 있으면 무슨 일이 있더라도 끝까지 해낸다
- 무엇이든 쉽게 못 버린다 → 무엇이든 소중히 여기고 오래 잘 간직한다
- 마음이 약하다 → 감정이 풍부해서 타인의 일에도 잘 공감한다
- 이름이 특이하다 → 사람들이 기억하기 좋은 이름이다
- 완벽주의 성향이 있다 → 어떤 일이든 주어진 일에 최선을 다한다
- 사람을 잘 믿는다 → 사람을 편견 없이 대하고 신뢰한다

어때, 나와 비슷한 것 같아? 이거 은근 부끄럽다. 평소에 스스로를 칭찬할 일이 잘 없어서 그런가 봐. 그래도 이렇게 거꾸로 바라보는 연습을 자주 하다 보면 다양한 시선을 가진 사람이 되겠지? 편견 없이 있는 그대로의 나와 세상을 바라보는 사람 말이야.

앗! 하마터면 까먹을 뻔했어. 이제 너희가 쓴 걸 보여 줄 차례야. 얼른 보고 싶어. 너희는 뭐라고 적었니?

2

그림에 생기를
불어넣어 보자

무슨 색으로
칠하면 좋을까?

"경로를 이탈하였습니다."

한눈을 판 사이에 차는 내비게이션 속 화살표가 가리키는 방향을 벗어나 있었어. 동생 밤톨이의 차를 타고 도토리와 셋이서 엄마 아빠를 보러 시골에 가는 길. 오랜만에 만난 반가움에 수다를 떨다가 들어가야 할 길을 지나쳐 버린 거야.

"경로를 재탐색합니다."

다행히 내비게이션은 곧바로 목적지로 가는 새로운 경로를 알려 줬어. 이윽고 터널처럼 길게 이어진 벚꽃나무 길이 눈앞에 펼쳐졌어. 조금 돌아가긴 했지만, 우리는 길

을 잘못 든 덕분에 생각지도 못한 예쁜 풍경을 선물로 받
을 수 있었어.

　그림 한 장 그리는 데에도 무엇을 그릴까? 무슨 색으로
칠하면 좋을까? 등등 수많은 고민을 하는 것처럼, 우리는
살아가며 끝없는 선택의 길 위에 놓여. 길을 잘못 들어 한
참을 헤매기도 하고, 더 빨리 가려고 선택한 길이 막혀 오
히려 더 늦게 도착할 때도 있어. 그럴 때마다 내 선택이
잘못된 건 아니었을까? 하는 생각도 들지만, 그 선택이
나를 또 다른 길로 이끌기도 해.

　우리 세 남매가 시골에서 길을 잃었던 일을 생각하니
동생 밤톨이가 떠올라. 밤톨이는 어릴 때부터 의자에 본
드라도 붙인 것처럼 하루 종일 컴퓨터 앞에 앉아 있었어.
사춘기 무렵이 되어서는 게임에 푹 빠져 프로 게이머가
꿈이었다가 언젠가부터는 게임 프로그래머로 바뀌었어.
　학창 시절 내내 컴퓨터에 빠져 살던 밤톨이는 대학교
전공도 자연히 '정보 컴퓨터 공학부'를 선택했어. 정말 어
릴 때부터 컴퓨터를 가지고 놀았으니까 전공이 적성에

잘 맞을 것이라고 생각했어. 그 누구도 밤톨이의 즐거운 대학교 생활을 의심하지 않았지. 나는 나처럼 밤톨이도 좋아하는 것을 공부한다는 게 무척이나 기뻤어. 그런데 어느 날 본가에 내려와 오랜만에 본 밤톨이의 표정이 좋지 않았어. 대학교 생활이 전혀 즐거워 보이지 않았지.

대학교 이 학년이 된 밤톨이는 군대에 갔어. 시간이 흘러 밤톨이가 제대했을 때, 내게 이런 말을 하더라.

"누나야, 내 전과하고 싶다."

사실은 예전부터 어두웠던 밤톨이의 얼굴을 보며 예상했던 것 같아. 이 길은 밤톨이가 가고 싶은 길이 아닐 수도 있다는 걸 말이야.

그럼 뭘 하고 싶냐는 물음에 밤톨이는 신문 방송학과에 가고 싶다고 말했어. 그길로 중고 카메라를 하나 산 밤톨이는 카메라와 한 몸이 되어 이곳저곳을 돌아다니며 영상을 찍기 시작했어. 한번은 야경을 찍겠다며 추운 날 내복도 입지 않고 산 위에서 몇 시간을 촬영하다가 감기에 걸려 고생하기도 했지. 마음이 쓰이지 않았다면 거짓말일 테지만, 나는 밤톨이를 믿었어.

새로운 길 위를 달리기 시작한 밤톨이는 눈이 반짝반짝 빛나고 활기가 넘쳐 보였어. 영상 편집 프로그램인 프리미어의 '프'도 모르던 밤톨이는 독학으로 촬영한 영상을 밤낮없이 편집해서 공모전에 출품했어. 그리고 얼마 뒤 대상을 받아 와 가족들을 깜짝 놀라게 했지. 결국 밤톨이는 그토록 원하던 신문 방송학과로의 전과 시험을 단번에 합격했어. 밤톨이는 지금 방송국에서 촬영 감독으로 일하며 멋지게 꿈을 그려 나가고 있어.

학창 시절의 나는 내가 가고 있는 이 길이 맞는 건지 늘 궁금했어. 꿈에 대한 간절함만큼이나 답답함도 컸어. 누구라도 내비게이션처럼 가야 할 길을 알려 주면 좋겠다고 생각했어.

초등학교 육 학년 때, 아빠를 따라 시내의 대형 서점에 갔어. 아빠가 읽고 싶은 책을 사 줄 테니 한 권 골라 보라고 하셨어. 아빠와 떨어져 걷다 구석에 있는 책장을 발견했어. 기껏 해 봤자 내 어깨만 한 너비의 책장 하나가 전부였지만, 책등에 '만화'라고 적힌 제목을 가진 책들이 책장 가득 꽂혀 있었어. 나는 사막에서 오아시스라도 발견한 것처럼 가슴이 두근거렸어. 마음이 끌리는 제목의 책을 한 권씩 펼쳐 보다가 고민 끝에 한 권을 골랐어.

내가 들고 있던 책은『만화 프로테크닉』(이원복, 다섯수레, 1991)이라는 책이었어. 책 가격이 제법 비쌌는데도 쉽사리 손에서 놓지 못했어. 그건 바로 책에 실린 한 장의 사진 때문이었어.

그 사진은 국내 최초로 개설된 만화 예술 학과라는 소개와 함께 대학생들이 즐겁게 그림을 그리고 있고, 그 모습을 흐뭇하게 바라보는 교수님이 있는 강의실 풍경을 담고 있었어. 그 풍경이 꿈처럼 느껴졌어. 나도 그곳에서 같이 만화를 그리는 상상을 해 봤어. 그날 아빠가 사 주신 책을 소중히 끌어안고 집에 와서 초등학생인 내가 보기에는 어려워 소화되지 않는 말들을 밤늦도록 꼭꼭 씹으며 읽고 또 읽었어.

중학생이 되니 반마다 만화 그리는 친구들이 꼭 한 명씩은 있었어. 좋아하는 것이 같은 친구가 생겨 진심으로 기뻤어. 우리는 함께 모여 자주 그림을 그렸어. 그때 만화를 좋아하는 한 선배의 열정과 미술 선생님의 지원으로 학교에 만화 동아리가 만들어졌어. 덕분에 나는 동아리에서 펜촉과 잉크, 마커 사용법을 익히며 더 열심히 만화를 그렸어. 그렇게 조금씩 만화가의 꿈을 키워 갔어.

"너는 어디 갈 거야?"

중학교 삼 학년이 되자 다들 고등학교 진학을 앞두고 어느 학교를 가야 하나 한참 고민했어. 학교는 크게 예고(예술 고등학교), 특목고(특수 목적 고등학교), 인문고, 특성화고(실업고) 중에 선택할 수 있었어. 그런데 만화를 그리는 친구들 모두 하나같이 특성화고에 간다는 거야. 이유를 물으니 한 친구가 말하길, 그림 그리는 데 공부는 아무 필요가 없대.

친구들이 모두 특성화고를 지원한다고 하니 고민이 되었어. 하지만 내 생각은 친구들과는 조금 달랐어. 좋은 작품은 책상 앞에 오래 앉아 그림만 그린다고 만들어지는 건 아닌 것 같았어. 우리가 살아가면서 새로운 것을 배우며 깨닫고 누군가를 만나 다양한 이야기를 나누는 것처럼, 그림은 아주 하찮은 것까지도 내가 경험하는 모든 시간 속에서 만들어진다고 생각했어.

생각을 정리하니 가고 싶은 학교 목록에 남은 학교는 예고와 인문고, 두 군데였어. 학교를 다니며 그림을 배울 수 있는 예고가 확실히 더 끌렸어. 예고에 가려면 실기를 준비해야 해서 부모님께 부탁해 미술 학원을 등록했어. 처음에는 마냥 설레고 좋았어. 그런데 종이부터 물감이며 붓까지 재료를 사는 데에만도 적지 않은 돈이 들어갔어. 그 돈을 생각하면 점점 학원을 가는 발걸음이 무거워졌어.

그날도 평상시와 다름없이 수업을 받고 마칠 무렵에 회비 납부일이 적힌 빈 봉투를 선생님께 건넸어(내가 학원을 다녔을 때는 학원비를 학원 회비 봉투에 넣어 직접 선생님께 내야 했어). 선생님은 왜 학원을 그만두냐고 물으셨지만, 나는 대답 대신 고개 숙여 인사하고 그대로 집까지 전력으로 달렸어. 뜨거운 눈물이 인도 위로 툭툭 떨어졌어. 예고를 다니면 지금보다도 훨씬 더 많은 돈이 들어갈 텐데 우리 집 형편을 생각하지 않고 너무 욕심을 부린 것 같아 부모님께 죄송했어. 그날 이후, 엄마 아빠에게는 마음이 바뀌어 언니처럼 인문고에 갈 거라고 말씀드렸어.

한참의 시간이 흐르고 어른이 되어 작업실로 출근하던 어느 날, 횡단보도의 신호가 바뀌길 기다리고 있었어. 무심코 맞은편을 보았는데, 갑자기 생각 저편에 잠들어 있던 기억 상자 하나가 열렸어. 맞은편에는 열여섯 살의 내가 너무나도 가고 싶었던 예고 학생들이 서 있었어. 어릴 적 가고 싶었던 학교가 매일 다니는 길에 있었는데 부럽거나 아쉬운 마음이 들기는커녕, 여태 모르고 있었다는 사실이 신기했어.

신호등이 파란불로 바뀌었어. 여고생들은 천진난만한 웃음을 흘리며 횡단보도를 건너 학교 안으로 모습을 감췄어. 나는 아이들이 사라진 교문을 멍하니 바라봤어.

그 순간, 아빠에게 들었던 말이 생각났어. 초등학생 때 방학이면 새벽마다 아빠를 따라 동네 앞산을 오르곤 했어. 하루는 내가 나무와 돌로 우거진 산속에 어떻게 이런 길이 나 있는지 신기하다고 하니 아빠가 말씀하셨어.

"사람이 여러 번 다니면 길이 없던 곳에도 이렇게 길이 생긴단다."

이제는 알아. 내가 가지 못한 길을 아쉬워하기보다 지금 걷는 이 길을 부지런히 걸으면 된다는 걸. 그토록 가고 싶던 예고에 진학하지 못했지만, 아빠가 사 주신 책에서 본 강의실에서 만화를 그리며 행복한 대학교 생활을 했고, 지금은 그토록 꿈꾸던 작가가 되었으니까. 조금 돌아왔을 수는 있지만, 내가 만든 샛길들은 결국 목적지로 이어져 있었어.

혹시 지금 네가 가고 있는 길이 경로를 벗어난 길일까 봐 걱정되니? 만약 그렇다고 해도 목적지에 도착하는 데 시간이 조금 더 걸릴 뿐, 문제는 없어. 오히려 길을 잃은 덕분에 생각지 못한 멋진 경험을 하게 될지도 몰라. 목적지까지 가는 좋은 길과 나쁜 길, 옳은 길과 옳지 않은 길은 따로 없어. 여러 갈래의 길이 있을 뿐이야. 길이 없던 곳도 뚜벅뚜벅 걸어가다 보면 새로운 길이 생긴단다. 행여나 밤톨이처럼 중간에 목적지가 바뀌어도 괜찮아. 길

을 잃어버리거나 도중에 목적지를 변경해도 마음속 나침반을 믿고 계속해서 씩씩하게 걸어가 보자. 그러다 보면 결국 목적지에 무사히 도착하게 될 테니까.

색연필의
보송보송함이 좋아

너희는 그림 그릴 때 가장 즐겨 사용하는 재료가 뭐야? 어릴 때 나는 색연필을 좋아했어. 색연필 중에서도 돌돌 돌리면 위로 심이 나오는 색연필을 특히 좋아했지. 색연 필로 칠할 때 특유의 보송보송한 느낌이 참 좋았어. 보들 보들한 색연필의 터치가 종이 위를 덮으면, 솜이불을 덮 은 것처럼 내 마음도 포근해졌어. 특히 인물을 색칠할 때 면 볼 터치는 절대 빼먹지 않았어. 양쪽 볼에 동그랗게 원 을 그리듯 살살 살구색을 칠하고, 그 위로 노란색이나 분 홍색을 연하게 덧칠하면 내가 좋아하는 예쁜 복숭앗빛 볼이 그려졌어.

색연필은 수채화 물감이나 마커와도 궁합이 잘 맞아. 나는 중학생 때 마커라는 재료를 처음 접하고 바로 좋아하게 되었어. 당시에는 만화가 거의 수작업이어서, 만화가들이 만화책 표지와 같은 컬러로 된 일러스트를 신경 써서 그려야 할 때는 다양하고 선명한 색상이 장점인 마커를 많이 사용했어.

초등학생 시절, 내가 18색 크레파스를 사용할 때 48색 크레파스를 가지고 있는 친구가 부러웠듯이 60색, 80색 마커 세트를 가지고 있는 친구를 보면 너무 부러웠어. 화방에는 손잡이가 달린 네모난 가방 형태의 마커 세트를 팔았어. 나도 그것을 가지고 싶었지만, 그럴 형편은 아니어서 사고 싶은 색을 하나씩 사 모았어. 화방에 가려면 버스를 타고 한 시간이나 가야 했지만, 마커를 사서 집으로 돌아오는 버스 안에서 나는 마커 한 자루에도 부자가 된 기분이 들었어.

샤프도 좋아했어. 연필보다 훨씬 얇은 굵기의 심을 가진 샤프는 공부할 때보다 그림 그릴 때 더욱 그 진가를 발휘했어. 인물의 머리카락이나 눈동자, 볼 터치, 그림자

등 섬세한 표현이 필요한 부분에서 샤프의 매력이 드러났지.

그런데 이 샤프라는 필기구가 처음부터 나와 잘 맞은 것은 아니었어. 처음 샤프를 사용할 때만 하더라도, 몇 글자 쓰지 않았는데도 샤프심이 뚝뚝 부러지는 바람에 쓰는 것보다 버리는 샤프심이 더 많았어. 책상 위를 나뒹구는 샤프심 조각에 한숨이 나왔어. 다시 연필을 쓰고 싶은 마음을 꾹 참고, 다음 날도 그다음 날도 계속 샤프를 사용했어. 그렇게 매일매일 쓰다 보니 언젠가부터 샤프심이 부러지지 않더라!

문제는 샤프가 아니라 나에게 있었어. 나는 글씨를 쓰거나 그림을 그릴 때 유난히 손에 힘이 많이 들어가는 편이었던 거야. 단단한 연필심은 내 힘을 감당할 수 있었지만, 가늘고 섬세한 샤프심은 그럴 수 없었던 거지. 평소보다 손에 힘을 빼고 샤프심을 짧게 나오게 하니 샤프심이 부러지는 현상을 완벽하게 해결할 수 있었어.

수채화 물감으로 그림을 그리는 것도 정말 좋아했어. 붓으로 터치하면 종이 위에 차곡차곡 쌓여 가는 맑은 색들이 바닥이 훤히 들여다보이는 제주도의 에메랄드빛 바다처럼 느껴졌어. 붓 씻을 때 나는 찰랑찰랑 소리는 ASMR처럼 내게 편안한 마음을 선물해 주었어.

지금도 화방에 가면 가슴이 두근거려. 이름도 생김새도 쓰임도 모두 다 다른 도구들과 재료들. 그것들 중 어떤 것이 나와 잘 맞는지, 맞지 않는지는 내가 처음 샤프를 사용했을 때처럼 직접 부딪쳐 보기 전까지 알 수 없어. 나에게 잘 맞는 도구와 재료를 찾아가는 시간은 마치 나와 마음이 잘 맞는 친구를 찾는 것처럼 긴장되고 설레지. 서로 다른 두 사람이 친구가 되기 위해서는 상대방이 무얼 좋아하고 싫어하는지, 어떤 취미가 있는지 등등 천천히 서로에 대해 알아 가는 시간이 꼭 필요하잖아.

내가 좋아하는 재료들이 제각각 다른 특색을 가지고 있는 것처럼 사람들도 전부 다 각자의 개성을 가지고 있어. 나는 좋아하는 재료가 많았던 만큼, 가지고 싶은 매력이 많은 아이였어. 외향적인 성격과 유창한 말솜씨, 큰 키에 날씬한 몸, 자신의 몸을 자유자재로 다루는 운동 능력,

모두를 즐겁게 하는 유머 감각과 리더십, 좋은 성적 등등 내가 가지지 못한 매력을 가진 친구들이 부러웠어.

얼마 전에 중학교 삼 학년 때 만들었던 학급 문집을 발견했어. 페이지를 넘기며 그때 그렸던 그림들을 구경하다 우연히 반장이 쓴 글을 보았어. 반장은 요즘 가슴 한 구석에 허전함이 느껴진다면서 만화가라는 꿈을 가지고, 그 꿈을 이루기 위해 여러 가지 활동을 하는 내가 부럽다고 적었더라고.

기억 속 반장은 내가 좋아하는 색연필처럼 여러 사람과 잘 어우러지는, 부드럽고 보송보송한 마음씨를 가진 아이였어. 모두가 무슨 일이든 열심히 하고, 다정했던 반장을 좋아했어. 하얀 피부와 짧은 단발머리에 이마가 훤히 드러나게 양옆으로 똑딱머리핀을 꽂고 안경을 썼던 반장. 평소 누구보다 어른스러웠지만 점심시간에 도시락을 까먹으며 당대 최고 인기를 누리던 남성 아이돌인 H.O.T. 이야기를 할 때면 안경 너머 두 눈이 반짝이는 영락없는 열여섯 살의 소녀로 돌아오곤 했어. 나는 뭐든 척척 잘 해내는 반장이 부러웠는데 반대로 반장은 그림 그

리는 것 말고는 관심 있는 것도, 아무것도 할 줄 아는 것
도 없는 나를 부러워했다니 기분이 이상했어(유미야! 이
글을 우연히 보게 되면 꼭 연락해 줘. 너무 보고 싶어!).

반장이 쓴 글처럼, 다른 사람 눈에는 내가 미처 보지 못
하는 매력이 보이나 봐. 언젠가 동생 도토리가 말하길, 언
니가 겉보기에는 여려 보이는데, 알고 보면 알맹이가 단
단한 사람이라고 했어. 남편 복숭아도 정혜는 사람을 편
견 없이 바라보고, 그 사람의 좋은 점을 빨리 발견하는 능
력이 있다고 말해 주었어. 그래서인지 처음 만나는 사람
도 정혜를 좋아하고, 편하게 마음속 이야기를 하는 것 같
다며 신기하다고 했어. 어쩌면 나, 생각보다 매력 부자일
지도? 하하.

어릴 때는 많은 친구를 사귀고 싶었어. 그런데 지금은
아니야. 평생 진정한 친구 한 명만 있어도 성공한 인생이
라는 말을 이제는 이해하거든. 사실 가장 중요한 일은 나
자신과 좋은 친구가 되는 일이야. 세상 누구보다도 제일
먼저 나에게 좋은 친구가 되어 주자. 내가 무엇을 좋아하

는지 들여다보고, 좋아하는 것에 애정을 쏟듯이 내가 가진 여러 모습도 그대로 바라보고 사랑하자. 내 마음속 이야기들을 모른 체하지 말고, 스스로를 소중히 여기자.

　나의 가치를 아는 친구, 나의 실수도 따뜻하게 껴안아 줄 수 있는 친구, 묵묵히 힘이 되는 위로와 응원을 해 주는 친구. 편견 없이 다양한 친구를 만나 보렴. 그리고 무엇보다도 스스로에게 다정한 친구가 되어 주길 바라.

두 색을 겹치면
새로운 색이 나오지

　미술 학원을 다닐 때 새로운 색 만드는 방법을 알려 주는 시간을 가장 좋아했어. 둥그런 붓 끝에 여러 색을 차례로 묻혀서 팔레트의 빈 공간 위에 쓱쓱 섞으면 새로운 색이 짠! 하고 나타났지. 내 입에서는 저절로 와! 하고 감탄사가 흘러나왔고, 그 순간은 언제나 마법처럼 느껴졌어. 이렇게 서로 다른 색이 섞여 새로운 하나의 색이 되는 마법 같은 수채화가 나는 좋아.

　종이 위로 여러 가지 색이 쌓이고 겹치는 걸 보고 있으면, 서로 다른 음색을 가진 다양한 악기들이 한데 모여 하나로 어우러진 아름다운 소리를 만들어 내는 오케스트라가 떠올라. 어릴 때 티브이에 나오는 오케스트라의 공연을 보면서 저 많은 사람이 합을 맞춰 연주한다는 사실이 경이로웠어. 그때 어렴풋이 여럿이서 함께하는 일에 대한 호기심과 동경심이 생겼어.

초등학교에 들어가서 처음으로 모둠 활동이라는 것을 했어. 친구들과 함께 머리를 맞대어 생각을 나누고, 과제를 수행하는 일이 신나고 재미있었어. 그런데 언젠가부터 모둠 활동을 좋아하지 않게 되었어. 모둠 활동을 하며 입으로만 일하고 정작 자신이 할 일을 남에게 미루는 친구, 이 핑계 저 핑계를 대며 요리조리 피해 다니다 결국 자신이 맡은 역할을 내팽개치고 도망가는 친구를 정말 많이 만났거든.

조별 과제는 조원들이 같은 평가를 받으니 0점을 받지 않기 위해서는 어쩔 수 없이 울며 겨자 먹기로 그 친구 몫까지 해내야 했어. 그러다 보니 어느 순간 회의감이 들었어. 그때부터 나는 같이 하는 일보다는 혼자 하는 일을 선호하게 됐어. 혼자라면 내가 한 일에 대한 책임과 결과도 모두 다 내 몫이니까 말이야.

대학교 졸업 후 프리랜서 일러스트레이터로 활동을 시작했어. 사람들은 나에게 혼자 일해서 부럽다고 했어. 회사에 소속되어 다른 사람과 함께 일하는 것보다 스트레스도 적고 편하겠다고 말이야. 먼저 사회를 경험한 사람들이 그렇게 말하니 정말 그럴 줄 알았지. 나도 이번 생에 일러스트레이터는 처음이었으니까.

그런데 웬걸, 그 말은 틀린 말이었어. 일러스트레이터는 대체로 일을 혼자서 하지만, 오롯이 혼자 하는 것은 아니었어. 일할 때의 나는 여러 사람과 함께 이어달리기를 했어. 한 권의 책을 만드는 과정으로 예를 들어 볼게. 책을 만들 때 먼저 글 작가가 부지런히 글을 쓰고, 그 글을 편집자와 함께 수정하고 다듬어. 그리고 배턴을 일러스트레이터인 나에게 넘기면, 나는 최선을 다해서 글에 어울리는 그림을 그리고, 내 배턴을 이어받은 다음 선수(편집 팀과 디자인 팀)는 글과 그림을 구성해서 책을 디자인해. 그다음 선수(제작 팀과 인쇄소)는 종이에 예쁘게 인쇄하여 책을 만들고, 마지막으로 배턴을 받은 선수(영업 팀과 마케팅 팀)는 그 책이 사람들에게 많이 사랑받도록 온·

오프라인으로 맹활약하지. 그렇게 각각의 선수가 자신이 맡은 역할을 충실히 해낼 때 비로소 '책'이라는 이어달리기를 제대로 완주할 수 있어.

여러 사람이 함께 작업하며 의견을 주고받다 보면, 종종 서로 다른 의견들이 생겨 충돌하기도 해. 누군가는 의견이 대립되는 것이 이어달리기를 하는 도중에 넘어지는 일과 같다고 생각할 수도 있어. 그런데 다양한 의견이 나온다는 것은 더 좋은 책을 위해서 모두 열심히 고민하고 있다는 말이기도 해. 그래서 나 혼자 뛰어나다고 생각하며 다른 팀원들의 의견은 무시한 채 자기주장만 내세우는 사람은, 이어달리기에서 자기 차례가 끝나고도 다음 선수에게 배턴을 넘기지 않고 혼자서 코스를 완주하려는 것과 다를 게 없어.

함께 생각을 나누고 맞춰 가는 과정은 싸우는 일이 아니라 재미난 배움의 시간이었어. 혼자서는 몰랐을 것들을 배우는 시간, 따로 떨어져 있던 사람들이 이어져 동료가 되는 시간이었어. 편집, 교정·교열, 디자인, 영업, 마케팅, 제작 등등. 책 한 권이 나오기까지 얼마나 많은 고민과 생각, 대화가 오가는지, 얼마나 많은 사람의 정성과 진심이 필요한지, 얼마나 많은 노력과 시간이 들어가는지, 나도 일러스트레이터가 되고 나서 비로소 알게 되었어.

"작가님, 주말도 상관없으니 언제든지 작업하다 궁금한 부분이 생기시면 편하게 연락 주세요."

일이 많은 시기에는 밤늦게 퇴근하고, 못다 한 작업이 있으면 주말에도 출근해서 책을 만드는 사람들. 힘들지 않으시냐고 물으면 "좋아서 하는 일인데요"라고 웃으며 답하는 사람들을 보면 진심으로 책과 책 만드는 일을 좋아하는 마음이 느껴져.

작가, 일러스트레이터, 편집자, 디자이너, 마케터, 인쇄소 기장님 등등. 이들 모두가 책 한 권을 만들기 위해서 최선을 다해 자신의 몫을 해내는 사람들이야. 일러스트레이터가 되어 자신의 일을 즐기고 좋아하는 사람들을 만나며, 혼자가 아닌 함께 일하는 즐거움을 알게 되었어.

그 후, 나에게는 한 가지 습관이 생겼어. 마음에 드는 책을 만나면 제일 먼저 책날개와 서지 정보를 확인해. 보통 책의 앞쪽 책날개 상단에는 작가 소개가, 하단에는 일러스트레이터와 북 디자이너의 이름이 적혀 있어. 그리고 책의 가장 앞 장이나 마지막 장에는 책의 제목과 작가, 발행일과 이 책을 만든 사람들(편집, 마케팅, 디자인, 제작 등), 출판사명, 아이에스비엔(ISBN, 고유 도서 번호)등 책에 대한 정보인 서지 정보가 있어. 책에 대한 모든 정보가 들어 있는 이 장은 마치 영화가 끝나면 올라오는 엔딩 크레디트 같아. 여기에서 전에 함께 작업했던 편집자와 디자이너의 이름을 발견하면, 길에서 우연히 친한 친구라도 만난 것처럼 그렇게 반가울 수가 없어.

얼마 전 내가 살고 있는 부산에서 세계 탁구 선수권 대회가 열렸어. 방송국 촬영 감독인 동생 밤톨이가 매일 같이 대회장으로 출근해서 찍은 영상의 링크를 가족 채팅방에 보내 줬어. 영상에는 의료진 자원봉사를 하고 계시는 한 아주머니가 등장했어. 병원에서 근무하며 십오 년간 환자들에게 탁구를 가르치고 있다는 그는 탁구를 좋아하는 이유가 "혼자가 아닌 누구와 같이 쳐야 하는 운동이어서"라고 말씀하셨어. 예전에 어느 기사에서 본, 수십 년째 탁구를 치고 있다는 할머니도 비슷한 말을 하셨어. "이기고 싶은 마음 때문에 공을 치는 게 아니라, 상대가 친 공을 받아 내려는 마음으로 한다"라고 말이야.

핑퐁 핑퐁. 함께 마음을 주고받는 일은 언제나 즐거워. 그래서 나는 혼자이면서 함께인 이 일이 정말 재미있어. 달리다 보면 한바탕 흙먼지가 일기도 하지만 그 속에서도 우리가 서로에게 힘이 되고, 함께 이어 달릴 수 있어서 좋아. 함께이기에 혼자서는 할 수 없을 굉장한 일들도 해낼 수 있으니까.

일러스트레이터가 된 덕분에 영영 잃어버린 줄 알았던 협업의 기쁨과 즐거움을 되찾아서 얼마나 다행인지 몰라. 두 색을 겹치면 하나의 새로운 색이 나오는 수채화처럼, 앞으로도 자신의 일을 좋아하는 멋진 사람들과 서로를 응원하며 세상을 예쁜 색으로 물들여 가고 싶어.

물감은
마르는 시간이 필요해

내가 처음 물감을 사용했을 때 생긴 일이야. 물 조절을 못해서 붓에서 물이 뚝뚝 흘러내려 종이 위가 온통 물바다가 되어 애를 먹었어. 그걸 수습하겠다고 마르지도 않은 종이 위로 자꾸 붓질을 했더니, 결국 종이가 헤져서 뻥하고 커다란 구멍이 뚫렸어.

이십 대 시절, 잠을 자다 극심한 통증에 눈을 떴어. 나는 내 눈을 의심했어. 오른손이 야구 글러브처럼 커다랗게 통통 부어 있었거든. 병원에 갔더니 손가락 관절염이라는 진단을 받았어. 오랜 시간, 손을 무리해서 사용한 탓에 염증이 심해져서 이렇게 된 거라는 거야. 그 후로 한 달 가까이 오른손을 제대로 쓰지 못했어. 세수하고 밥 먹는 것부터 그림을 그리는 것까지, 당연하고 평범했던 일상은 어렵고 힘든 일이 되었어.

그 무렵의 나는 몸이 열 개라도 부족할 정도로 많은 일을 무리해서 하고 있었어. 한번 자리에 앉아 작업을 시작하면 화장실 가는 시간도 아까워 몇 시간 동안 일어나지 않았어. 덕분에 인후염을 항상 달고 살았어. 내가 병원에 갈 때마다 의사 선생님은 아무리 좋은 약을 먹어도 푹 쉬지 않으면 절대로 낫지 않을 거라고 말씀하셨어. 그 당시 내게 필요했던 건 병원에서 처방해 준 약 한 알보다 일을 쉬고 생각을 멈추는 일이었어. 좋아하는 일을 열정적으로 하는 시간만큼이나 잘 쉬는 시간이 중요하다는 걸 그때는 몰랐던 거야.

왜, 인간은 망각의 동물이라고 하잖아. 충격적이었던 '손가락 글러브' 사건도 계절이 바뀌고, 한 해 두 해 시간이 흐르며 까맣게 잊어버렸어. 그날도 평소와 다름없이 아침을 맞았어. 그런데 그날 아침의 나는, 마치 내가 나 자신이 아닌 것 같은 기분이 들었어. 소설 『걸리버 여행기』에서 주인공 걸리버가 소인국 사람들에게 온몸이 밧줄로 꽁꽁 묶였던 것처럼, 내 의지대로 몸을 움직일 수가 없었어. 한참 동안 두 눈만 끔뻑거리며 새하얀 방 천장을 바라봤어. 얼마만큼의 시간이 흘렀을까? 손과 발을 겨우 움직일 수 있게 되었고, 그제야 힘없이 몸을 일으켜 자리에 앉았어.

그날, 내 안에 커다란 구멍이 생겼어. 사랑하는 가족을 바라봐도 아무런 기분이 느껴지지 않고, 어떠한 감정도 들지 않았어. 맛있는 음식을 먹어도 아무 맛이 느껴지지 않았어. 분명 내가 세상에 존재하는데, 마치 세상에 없는 것만 같은 느낌이 들었어.

무거운 몸을 이끌고 힘겹게 작업실 책상 앞에 앉았어. 그림을 그려야 하는데 아무것도 그릴 수 없었어. 그림 그리는 방법이 하나도 기억나지 않았어. 겁이 났어. 평생 그림을 그려 온 내가 지금은 선 하나도 긋지 못하게 된 거야. 그림이 담긴 폴더를 여러 개 열어 모니터 화면에 띄워

놓고 의자에 앉아 화면을 멍하니 바라봤지만, 아무것도 하지 못한 채 시간만 계속 야속하게 흘러갔어.

그림을 그리고 싶었지만 그릴 수 없었어. 마음대로 되지 않는 몸과 마음이 서로 싸웠어. 생각보다 내 상태가 심각한 걸 안 남편 복숭아와 동생 도토리는 한동안 잘 쉬라고 했어. 둘의 말에 자리에 누웠지만, 아무것도 하지 못하고 있는 내가 아무 쓸모도 없는 사람처럼 느껴졌어. 그때의 나는 '번아웃 증후군(일에 몰두하던 사람이 극도의 스트레스로 인하여 정신적, 육체적으로 기력이 소진되어 무기력증, 우울증 따위에 빠지는 현상을 의미해)'이었어. 몸과 마음이 심하게 고장 나 버린 거야.

　아무것도 하지 못하는 날들이 이어졌어. 이대로는 안 되겠다는 생각에 심리 상담을 예약했어. 상담실 책상 위에는 뜨거운 김이 모락모락 나는 차 한 잔이 놓여 있었어. 첫 상담이 끝나 갈 무렵, 상담사 선생님이 말했어.

　"정혜 님, 혹시 오늘 저와 이야기하며 중간에 몇 번 정도 차를 마셨는지 기억하시나요?"

　그 말을 듣고 책상 위에 놓인 찻잔을 확인해 보니 처음 그대로 찻잔 가득 든 찻물이 보였어. 뜨겁던 차는 이미 차갑게 식어 있었어. 선생님이 조용히 말을 이어 갔어.

　"정혜 님은 오늘 상담을 시작하고 한 번도 쉬지 않고 이야기했어요. 차 한 번 마실 겨를도 없이 말이죠. 다음에는 차도 한 잔 마시며 천천히 이야기해 봐요."

　나는 머쓱해져서 고개를 끄덕였어. 그 말이 무엇을 뜻하는지 알 것 같았어. 나도 모르는 사이, 끊임없이 일하는 방식은 내 모든 삶의 형태가 되어 있었던 거야.

　마지막 상담 날, 선생님은 이렇게 말씀하셨어.

"정혜 님은 긍정적인 분이에요. 위기를 헤쳐 나가는 힘도 가지고 있고 주위에 긍정적인 기운을 줘요. 하지만 사람과의 관계나 일을 할 때 모든 부분에 애정을 쏟는 게 아니라 완급 조절이 필요할 것 같아요."

상담 선생님의 진심 어린 말을 듣고, 나는 용기를 내어 나 자신에게 화해의 손길을 내밀었어. 그날 처음으로 항상 가득 차 있던 찻잔이 모두 비워져 있었어.

상담소를 나서며 앞으로는 조금 더 나와 잘 지내보겠다고 결심했어. 집으로 향하는 발걸음이 가벼워졌어. 그날 이후 예전의 평범했던 일상으로 다시 돌아오기 위해서 내가 했던 행동들을 알려 줄게.

몸과 마음 건강을 위해 실천했던 일

① 타이머 사용하기

빨갛고 작은 타이머를 책상 위에 올려 두고 일했어. 일하다 알람이 울리면 의자에서 일어나 간단한 스트레칭을 하거나 일부러 물컵을 들고 부엌을 다녀왔어. 잠깐이라도 책상을 벗어나 의식적으로 쉬는 시간을 가지려고 했어.

② 산책하기

번아웃 증후군이 오면 아무것도 안 하고 싶어져. 그래도 눈뜨면 몸을 일으켜 샤워를 했어. 따뜻한 물로 몸을 씻으면 나를 괴롭히던 생각들이 물과 함께 씻겨 내려가고, 물을 준 화초처럼 몸과 마음에 조금이나마 생기가 도는 것 같았어.

씻고 나면 바로 외출복으로 갈아입은 다음 운동화를 신고 집을 나섰어. 따스한 '햇빛 샤워'를 하고 시원한 바람을 쐬며 산책을 하다 보면 어느새 기분이 환기되는 느낌이 들었어.

③ 좋아하는 사람 만나기

가족과 친한 친구처럼 내가 정말 좋아하는 사람, 있는 그대로의 나를 좋아해 주는 가까운 사람들을 만났어. 많은 말을 나누지 않아도 그 사람들이 말없이 고개를 끄덕이며 손을 잡아 주고, 안아 주는 것만으로도 내게 큰 힘과 위로가 되었어.

④ 일기 쓰기

길을 걷다가도 멈춰서 휴대폰 메모장을 열어 일기를 썼어. 잠들기 전에는 그림일기를 그렸어. 일기는 내가 요즘 어떤 기분인지, 어떤 생각을 하는지와 같은 지금의 상태를 알아차리는 지표가 되었어. 일기를 통해 조금 더 객관적으로 나를 바라볼 수 있었어.

⑤ 딴짓 하기

의도적으로 일과 관련된 것이 아닌 딴짓을 했어. 책을 읽거나 바느질을 하거나 청소와 정리 정돈을 했어. 창밖 풍경을 보며 멍때리기도 하고, 고양이를 가만히 바라보기도 했어. 그 단순한 행동들이 나를 끊임없이 괴롭히던 생각을 사라지게 했어. 마음을 고요하게 만들어 주었어.

⑥ 매일 작은 성취 이루기

매일 아침, 밤새 덮고 잔 이불을 네모반듯하게 개었어. 별것 아닌 것 같지만, 내게 큰 도움이 되었어. 단정하게 정리한 침대를 보면 뿌듯한 마음이 들었어. 어제도 오늘도 이불 개기를 해냈다는 것, 그 별일 아

닌 작은 성취 하나가 그날 하루를 다르게 시작하는
힘을 주었어.

⑦ 잘 챙겨 먹기

귀찮더라도 햄버거나 컵라면 같은 빠르고 간단하게
끼니를 때우는 인스턴트 음식을 최대한 멀리하고,
몸에 좋은 제철 과일과 야채 등을 잘 챙겨 먹으려고
노력했어. 신선한 재료로 만든 음식을 좋아하는 그
릇에 담아 차린 밥상은 소박했지만 정성과 건강이
담겨 있어서 밥을 먹고 난 후에 속이 편안하고 기분
도 좋았어.

⑧ 휴대폰 수면 모드 설정하기

저녁 여덟 시 이후에는 휴대폰을 수면 모드로 설정
했어. 그랬더니 외부의 방해에서 벗어날 수 있었어.
퇴근 후 가족과 함께 시간을 보내거나, 조용히 혼자
만의 시간을 보낼 자유가 생겼어. 그러자 마음이 안
온해져서 전보다 잠을 덜 설치게 되었어.

나는 이 방법들로 천천히 번아웃 증후군에서 벗어날

수 있었어.

　여전히 내가 무리할 것 같으면 남편 복숭아는 이렇게 말해. "모두 다 할 수는 없어요"라고 말이야. 인정하기 쉽지 않지만, 복숭아의 말이 맞아. 우리는 자신이 가진 한계를 인정할 필요도 있어. 그리고 스스로를 위해 욕심을 조금 내려놓을 줄도 알아야 해.

　처음 수채화를 그릴 때 물감과 물의 양을 어느 정도로 사용해야 하는지 잘 몰랐다고 말했었지. 물감에 익숙해지기 전까지는 붓에 물을 너무 많이 묻혀 종이가 울퉁불퉁 울고, 물감이 채 마르기도 전에 다른 색을 칠해서 흙탕물처럼 색이 마구 섞여 엉망이 되는 일이 많았어.

　물감은 기다리는 마음이 필요한 재료야. 적당한 때가 올 때까지 느긋한 마음으로 붓질할 차례를 기다리는 거야. 빛에 반짝 비치는 물기가 사라지면, 다음 색을 쌓아 올릴 수 있는 시간이 와.

　물감을 칠하고 나면 충분히 마르는 시간이 필요한 것처럼, 우리의 삶에도 중간중간 물감이 마르기를 기다리는 시간이 필요해. 그 시간은 분명 큰 에너지가 되어 다시 소중한 하루를 살아갈 힘이 되어 줄 거야. 좋아하는 일을 오래 하기 위해선 때로는 전력 질주가 필요한 순간도 있지만, 무엇보다도 산책하는 마음이 중요해. 앞서가는 다른 사람을 신경 쓰느라 빨리 걷거나 달릴 필요 없어. 뚜벅뚜벅. 딱 내 보폭만큼, 나만의 속도로 걸어가자.

모두 꼼꼼히
칠할 필요는 없어

"선생님~ 그림을 잘 그리는 방법이 있나요?"

멋진 그림을 그리고 싶은 친구들이 많이 하는 질문이야. 그 질문에 나는 항상 그림을 잘 그리는 방법은 따로 없다고, 일단 이것저것 많이 그려 보는 것이 중요하다고 말해. 거기에 하나 더 더하자면, 한번 그림을 그리기 시작했으면 죽이 되든 밥이 되든 끝까지 완성해 보는 것. 이것이 내가 알고 있는 방법이야. 많이 그리고, 많이 완성해 봐야 그림을 그릴 때 내가 어느 부분이 강하고 어느 부분이 약한지 스스로 알 수 있게 되는 법이거든. 그런 경험이 쌓여서 다음에 더 잘 그릴 수 있게 된단다.

하루는 동생 도토리가 버스킹 공연에서 부를 곡을 고르고 있었어. 좋아하는 노래지만 부르기 어려운 곡이라서 할지 말지 고민하더라고.

"이 노래는 네가 맨날 부르는 거잖아. 이번에 불러 봐."

그 말에 도토리가 한숨을 쉬었어.

"하고 싶은데, 못할 걸 아니까 아예 안 하는 거야."

기운이 없는 도토리를 보니 내가 중학교 일 학년 때의 크리스마스 날이 떠올랐어. 밤이 깊어 어른들은 한참 전에 잠자리에 들었는데, 우리 사 남매는 장기 쌓기 놀이에 푹 빠져 있었어. 마지막 하나 남은 장기를 언니 무화과가 쌓을 차례였어. 애써 쌓은 탑이 쓰러질까 걱정하는 언니를 향해 누군가가 큰 소리로 외쳤어.

"할 수 있다!"

그건 이제 겨우 다섯 살이던 도토리가 자신보다 열한 살이나 많은 언니에게 하는 말이었어. 도토리의 응원 덕분에 언니는 마지막 장기를 무사히 올려 탑을 완성했어. 우리는 다 같이 쌓아 올린 탑을 보며 기쁨의 박수를 쳤어.

그때의 일을 도토리에게 이야기하며 이번에는 내가 도

토리를 큰 소리로 응원했어.

"할 수 있다!!"

도토리는 깔깔 소리 내어 웃더니, 빨개진 얼굴로 한번 해 보겠다고 했어.

대망의 버스킹 공연 날, 도토리는 사람들 앞에서 어렵다던 노래를 멋지게 불렀어. 자랑스러운 우리 도토리! 사실 노래를 완벽히 잘 부르는 것보다 중요한 건 도토리가 용기를 가지고 그 일을 해냈다는 거였어.

나도 이 책을 쓰는 동안 여러 응원을 받았어. 처음에 글을 쓰고 고칠 때였어. 글쓰기를 전공한 것도 아니고, 제대로 글을 처음 써 보는 내가 잘 쓰고 있는 건지 걱정이 꼬리에 꼬리를 물고 길게 이어졌어. 글쓰기 전문가가 아니니 잘 못하는 게 당연한데도, 잘 하고 싶은 마음에 큰 스트레스를 받았어. 내 고민을 메일에 적어 보냈더니 편집자 님에게 이런 답장을 받았어.

"저는 '글태기(글쓰기와 권태기의 합성어로, 글이 잘 안 써지는 상태를 의미해)'라는 것을 꽤 오랫동안 겪고 있어서 작가님의 마음이 이해되기도 해요. 그럼에도 계속 쓰고자

하는 마음이 가장 중요하다는 것, 헤매는 시간조차도 글에게는 정말 중요한 시간이라 믿고 있답니다."

이 고맙고 따뜻한 응원에 용기를 얻어 나는 다음 글을, 또 다음 글을 계속해서 쓸 수 있었어.

혹시 '게으른 완벽주의자'라는 말을 들어 봤니? 완벽주의 성향을 가진 사람들은 잘하고 싶은 마음이 너무 커서 오히려 일을 시작하지 못하고 자꾸 미루거나 회피하는 경향이 있대. 스스로에게 엄청난 부담감을 주고, 자신의 능력에 비해 지나치게 높은 기준을 세워 어떤 일을 끝내는 데 시간이 부족해 애를 먹기도 한다는 거야.

처음 이 단어를 들었을 때 완전 내 이야기라 깜짝 놀랐지 뭐야. '완벽하게 잘해야 해! 실수하면 안 돼!' 하며 잘하고 싶은 마음에 오히려 아무것도 시작하지 못하는 날들이 많았어. 한번은 그런 나를 보고 동생 밤톨이가 "누나야, 적당히 해라"라고 말한 적도 있어. 나도 좀 적당히 하고 싶은데 적당히 하는 것이 안 되니 답답할 노릇이었어.

중학생 때 엄마에게 칭찬받고 싶어 연습장에 그린 그

림들을 보여 드린 적이 있어.

"정혜야, 혹시 손은 일부러 안 보이게 그리는 거니? 손
도 잘 보이게 그리면 더 좋겠다."

내 그림을 본 엄마가 말했어. 아니라고 말하고 싶었지
만, 엄마의 말대로였어. 손 그리는 게 어렵고 자신 없다는
이유로 일부러 숨겨서 그렸거든. 나 혼자 숨겨 뒀던 비밀
을 엄마에게 들켜서 하루 종일 얼굴이 화끈거렸어.

그날 이후로 완벽하지 않아도 되니까 자신 없는 부분
도 숨기지 말고, 많이 그려 보자고 다짐했어. 마음은 그렇
게 먹었지만, 생각만큼 잘 되지 않았어. 실력이 빨리 늘지
않으니 불안하고 조바심도 났어. 그래도 계속 그렸어. 동
생이나 언니의 손을 모델로 삼아 그리고, 책상에 거울을
올려 두고 왼손을 여러 각도로 비춰 가며 그렸어. 패션 잡
지 속 모델들의 손을 따라 그리기도 했어. 더디긴 했지만,
시간이 흐르며 조금씩 나아지는 게 보였어. 그 과정이 힘
들었던 만큼 돌아오는 기쁨은 배가 되었어.

이때의 경험은 내 인생의 오답 노트가 되어 주었어. 완
벽하게 잘 못하는 일이라도 피하거나 포기하지 않고, 계

속 완성하는 경험을 쌓다 보면, 빨갛게 표시된 빗금을 조금씩 동그라미로 바꿔 갈 수 있다는 믿음을 얻었지.

    화가 빈센트 반고흐가 동생 테오에게 보냈던 편지 중에 이런 내용이 있어.

    "그래도 계속 노력하면 수채화를 더 잘 이해할 수 있겠지. 그게 쉬운 일이었다면, 그 속에서 아무런 즐거움도 얻을 수 없었을 것이다. 그러니 계속해서 그림을 그려야겠다."

    여기서 내가 특히 좋아하는 문장은 '그러니 계속해서 그림을 그려야겠다'라는 문장이야. 그림을 그리다 벽에 부딪칠 때면, 스스로에게 질문을 해. '평생 백 퍼센트 완벽하게 내 마음에 드는 그림을 그릴 수 있을까?' 하고. 그러면 언제나 그렇듯, 대답은 'NO'야.

    아마 죽기 전까지 내 마음에 쏙 드는 완벽한 그림을 그릴 수 없을 거야. 색연필로 그림을 그릴 때면 아무리 열심히 칠해도 하얀 점처럼 채워지지 않는 부분이 생기는데, 그 부분은 종이의 요철에 의해 자연스레 생기는 거야. 그래서 그림을 그릴 때 이것까지 모두 꼼꼼히 칠할 필요는 없어. 오히려 그 채워지지 않은 질감이 만들어 내는 자연스러움에 그림의 매력이 배가 되기도 해.

언젠가 『디깅(Digging)』이라는 책에서 하버드 대학교 연구진이 도예과 학생들을 대상으로 진행한 흥미로운 실험을 보았어. 학생들을 무작위로 두 그룹으로 나눠 한 그룹에는 퀄리티를 신경 써서 최대한 멋진 도자기를 구워 오라고 하고, 다른 한 그룹에는 최대한 많은 도자기를 구워 오라고 했대. 두 그룹 중 최고로 멋진 도자기는 어디서 나왔을까? 맞아! 퀄리티는 신경 쓰지 않고, 최대한 많은 도자기를 만들었던 그룹에서 나왔어.

한 번, 두 번, 세 번…… 계속 그리더라도 그림을 끝까지 완성하는 경험은 정말 중요해. 그 경험들을 여러 번 반복하다 보면 어느 순간 네가 그린 그림도, 그림을 그리는 너도 훌쩍 자라 있을 거야. 그러니 계속해서 그림을 그리자. 그림이 아니어도 좋아. 네가 좋아하는 일이라면 뭐든 해 보는 거야. 완벽하지 않아도 괜찮아. 그러니 이것저것 많이 그려 보고 끝까지 완성해 나가자.

같은 것도
여러 번 그려 보기

고등학생 시절, 나는 부산에서 열린 '피아드(PIAD, Pusan Into the Amateur Dream world. 지금은 사라진, '부산 코믹월드'가 있기 전부터 있었던 부산 아마추어 만화 행사)'라는 만화 행사에 간 적이 있어. 단순히 가기만 한 것이 아니라, 손으로 하나하나 직접 만든 옷과 가발, 마법 봉으로 만화 『마법진 구루구루』에 나오는 마법 소녀 '쿠쿠리' 코스프레를 했어. 행사장에는 만화 회지와 엽서, 배지 등을 판매하는 만화 동아리 부스와 좋아하는 만화 캐릭터를 따라하는 사람들(코스튬 플레이어)로 넘쳐 났어. 만화를 좋아하는 사람들의 열기로 가득한 행사장은 마치 다른 세계처럼 신비롭게 느껴졌어. 그런데 내 마음속 만화에 대한 갈증은 여러 만화 행사장을 구경하는 것만으로는 채워지지 않았어.

그러던 어느 날 나는 어느 동아리의 신입 회원 모집 글을 보게 됐어. 취미가 아닌 만화가 데뷔를 목표로 하는 '프로 작가 지향 만화 동아리'라는 설명에 가슴이 두근거렸어. 회원 자격이 20세 이상이라는 게 조금 마음에 걸렸지만 에라 모르겠다, 하는 마음으로 메일을 보냈어. 그리고 며칠 뒤, 그동안 그린 그림들을 챙겨서 면접을 보러 오라는 답장을 받았어.

떨리는 마음으로 버스를 타고 처음 보는 동네에 내렸어. 작은 가게의 유리문을 밀고 들어간 것까지는 기억나는데, 면접에서 무슨 말을 했는지는 기억이 나지 않아. 나 같은 졸보에게 어디서 그런 용기가 생겼는지 지금 생각해도 참 신기해. 다행히도 20세 이상이라는 벽을 뛰어넘고, 운 좋게 면접을 통과했어. 동아리 언니, 오빠 들이 이제 갓 열여덟 살이 된 내 나이보다도 중요하게 봤던 건 만화에 대한 열정이었어.

그런데 기뻐할 겨를도 없이 바로 첫 번째 과제가 주어졌어. 그건 바로 매일 펜 선 연습하기였어. 애니메이션 〈신세기 에반게리온〉의 이카리 겐도 사령관처럼 무서운 포스가 느껴졌던 동아리 회장님은 만에 하나 실력이 늘지 않거나 열심히 하지 않는 게 보이면 바로 못 나오게 될 것이라 말했어. 솔직히 겁이 났지만, "네, 알겠습니다!"라며 입에서 나온 대답만큼은 씩씩했어. 잘 그리는 건 자신 없어도, 열심히 하는 건 자신 있었거든.

그날부터 야자가 끝나고 집에 오면 다시 책상 앞에 앉아 새벽 한 시까지 에이포 용지 한두 장이 빽빽해지도록 펜 선 연습을 했어. 스푼 펜촉(캘리그라피용 펜촉과 비슷한 형태의 만화 전용 펜촉 중 하나로, 펜대에 꽂아 잉크를 직접 찍어 사용해) 끝에 '파이롯트'라는 회사에서 나온 제도용 잉크(빨리 건조되고 농도가 진해서 그림 그릴 때 많이 사용해)를 살짝 찍은 다음, 힘을 조절해 가며 굵은 선과 가는 선을 교대로 그어 종이를 채웠어. 그렇게 한참 펜 선을 긋다 보면 하얗던 종이가 창밖의 밤하늘처럼 새까매졌어.

주말이 오면 동아리 작업실에 모여 일주일 동안 연습

했던 것들을 모아 검사를 받았어. 그러고 나면, 각자의 자리에서 그림을 그렸어. 자신이 그리고 싶은 그림을 그리는 언니, 오빠 들이 부러웠어. 나만 하루, 이틀, 사흘, 나흘…… 매일 똑같이 펜 선만 그었으니까. 이 지루한 선 연습은 대체 언제쯤 끝날까? 하루라도 빨리 선 긋기를 벗어나 만화를 그리고 싶었어.

다른 날과 같이 선을 긋던 어느 날, 종이를 긁어 먹던 날카롭고 거친 펜촉이 사각사각 기분 좋은 소리를 내며 매끄럽게 움직이기 시작했어. 왠지 모르게 가슴이 벅차올랐어. 그리고 그 날, 드디어 선 긋기 과제를 통과하고 다음 단계로 갈 수 있었어. 부드럽던 오른쪽 중지에 단단한 굳은살이 생길 때쯤, 나는 펜 선을 제법 잘 다룰 수 있게 되었어. 굳은살이 박여 주름지고 못생긴 손가락이 영광의 상처같이 느껴졌어. 단단한 굳은살이 생겼다는 말은 무언가 익숙해질 만큼 오래도록 반복해 왔다는 말이기도 하거든. 어떤 일을 잘하게 되기까지 시간이 얼마나 걸릴지는 모르지만, '중꺾마('중요한 건 꺾이지 않는 마음'의 줄임말)'라는 말처럼, 어떤 일이든 포기하지 않고 계속 하다 보면 결국에는 잘하게 되더라.

　하루는 서점에 갔다가 잡지 『좋은생각』에서 도종환 시인의 「담쟁이」라는 시를 보았어. 그 시는 모두가 넘을 수 없는 벽이라고 생각할 때, 담쟁이 잎 하나가 말없이 벽을 오르고 올라 결국에는 그 벽을 넘는다는 내용을 담고 있었어.

　그 시를 읽자 마음에 잔잔한 물결이 일었어. 지금 내가 하는 노력이 아주 작은 걸음일지라도 담쟁이처럼 한 발 한 발 꾸준히 내딛다 보면 나를 가로막고 있는 입시라는 벽을 언젠가는 훌쩍 뛰어넘을 수 있을 것 같았어. 그 날 이후 교과서와 문제집 책배(책등의 반대편 부분)에 컴퓨터용 사인펜으로 마치 주문처럼 '담쟁이가 되자'라고 적었어. 공부하다 힘이 들 때면 종이에 적힌 그 여섯 글자를 바라보며 다시 힘을 냈어.

　매일 반복되는 하루가 여러 날 지나 수능과 실기시험을 치르고 드디어 대학 합격자 발표 날이 되었어. 떨리는 마음으로 인터넷 창에 수험생 번호를 입력하자 화면에 다음과 같은 글자가 보였어.

만화예술학부 | 정정혜 | 후보 0

드디어 꿈에 그리던 대학에 합격한 거야! 눈물이 구슬처럼 쉴 새 없이 쏟아졌어. 깡충깡충 토끼처럼 집안을 뛰어다녔지. 태어나 처음으로 너무 기뻐도 눈물이 난다는 걸 깨달은 날이었어.

그렇게 대학교에서 만화를 공부했어. 어릴 적 책에서 봤던 강의실에서 사 년 내내 좋아하는 만화를 배우고 마음껏 그릴 수 있어서 정말 행복했어.

몇 년 전에 내가 다니던 대학교가 있는 곳 근처로 남편 복숭아와 출장을 가게 되어서, 업무를 마치고 시간이 남아 대학교에 가 보기로 했어. 대학교 졸업 후 십여 년이 지나 다시 찾은 교정은 건물만 그대로고 모든 게 바뀌어 있었어. 아쉬운 마음을 안고 본관으로 향했어. 처음 보는 건물로 들어가니 벽면에 '5층: 만화예술학부'라고 적힌

안내판이 우리를 반겼어. 열아홉 살의 내가 처음 학교를 찾았던 날처럼, 계단을 한 칸씩 오를 때마다 쿵쾅쿵쾅 심장 소리가 점점 더 커졌어.

오 층 복도를 걷다 한 교수실 앞에서 익숙한 이름을 발견했어. 나를 가르쳐 주셨던 교수님이었어. 졸업 작품을 준비하던 사 학년 어느 날, 동기들의 작품들을 하나하나 꼼꼼히 살펴보며 신랄한 평가를 내리던 교수님의 모습이 떠올랐어. 풀 죽은 동기들 사이에서 나는 어떤 말을 들을까 잔뜩 겁먹었었지. 내 차례가 되었을 때 교수님은 말씀하셨어.

"정혜야, 너는 노력해서 여기까지 왔구나."

예상치 못한 말에 나는 적잖게 놀라고 당황했어. 그간의 노력들을 알아봐 주셔서 감사했어. 그런데 동시에 그 말이 나에게는 한계가 있다고 말하는 것 같았어.

'아, 나는 아무리 노력해도 재능 있는 친구들을 따라잡을 수는 없나 보다……'

그런 생각이 들자 눈물이 나올 것만 같았어. 그날 내 작품에 대한 교수님의 평가는 그 한마디가 다였어.

불현듯 떠오른 옛 기억에 문 앞에서 한참을 주저하다가 떨리는 마음으로 교수실 문을 작게 두드렸어. 십여 년이 지났지만, 교수님은 나를 알아보시고 반갑게 맞아 주셨어. 자리에 앉아 이런저런 이야기를 나누다 졸업 작품을 준비할 때의 이야기를 말씀드렸어. 교수님은 당신이 그런 말을 했냐며 웃으셨어. 나는 그 말을 들은 다음부터 타고난 재능이 없으니 남들보다 몇 배는 더 열심히 노력하는 수밖에 방법이 없다고, 꾸준함이 타고난 재능을 이긴다는 생각으로 치열하게 살아왔다고 말씀드렸어. 내 말에 교수님이 웃음을 거두고, 잠깐 생각에 잠긴 표정을 지으셨어. 그러고는 이렇게 말해 주셨어.

"끈기와 집념이 세상에서 제일 큰 재능이야. 정혜 너는 그 재능을 가지고 있어."

'꾸준함은 재능을 이긴다'라고 굳게 새겼던 마음의 탑이 와르르 무너졌어. 나는 내가 재능이 없다고 생각했는데, 알고 보니 '끈기'라는 가장 큰 재능을 가지고 있었어.

얼마 전, 언니 무화과가 한 장의 사진을 보내 줬어. 조카 여름이가 학교에서 한 활동지의 질문에 적은 답을 찍은 사진이었지.

7. 나와 같은 꿈을 이룬 사람은 누구?
답: 저의 이모입니다. 왜냐하면 저의 이모는 화가이면서 항상 노력하고 포기하지 않고 더 많은 새로운 일을 도전하는 모습이 멋지기 때문입니다.

열두 살 여름이가 나를 볼 때 이런 생각을 하고 있었구나, 하는 생각에 신기하면서도 고마웠어.

앞으로도 좋아하는 일을 멈추지 않고 꾸준히 하는 사람이 되고 싶어. 포기하지 않고 계속 벽을 오르는 담쟁이 같은 사람이 되고 싶어. 지금 당장 원하는 만큼의 결과가 나오지 않더라도 개의치 않고 꾸준히 계속하는 마음을 가지고 싶어.

그러니 우리, 성급해하거나 조바심 내지 말고, 같은 것도 여러 번 그려 보자. 담쟁이처럼 매일 한 발 한 발 내딛다 보면 어느 순간 눈앞에 가로막힌 높은 벽도 훌쩍 뛰어

넘을 수 있을 거야. 결국에는 우리가 원하는 꿈에 닿게 될
거야.

3

세상은
나의 캔버스

뾰족했던 연필심도
무뎌지기 마련

어린 시절 나는 정말 평범한 아이였어. 남들과 조금 다른 점이 있다면, 사람들 눈에 보이지는 않았지만 태어날 때부터 뾰족뾰족 날카로운 별 모양이었다는 거야. 내가 가진 다섯 개의 뾰족한 꼭짓점은 안테나처럼 모두 세상을 향해 나 있었어. 그 안테나들은 너무나 정교하게 만들어져서, 타인의 표정이 조금만 안 좋게 변해도 내가 금세 위축되고 긴장하도록 만들었어.

나는 언제나 나 자신보다 타인의 마음에 더 신경을 썼어. 상대방이 뭔가 기분 나빠 보이는 표정을 하고 있으면 '내가 뭔가 잘못한 걸까?' '나 때문에 화가 난 건가?' '혹시 나에게 실망했으면 어쩌지?' '앞으로 나를 싫어하는 건 아닐까?'라고 생각했어. 어떤 사람이 부정적인 태도를 보이면 나 때문인 것 같아서 그 사람 눈치를 살폈어. 어쩌면 그날 그 사람의 컨디션이 안 좋은 것일 수도 있고, 나를 만나기 전에 다른 일로 기분이 상해서 그랬던 것일 수도 있는데 자꾸만 내 탓으로 돌린 거야.

그리고 사람들이 내게 상처를 주는 일이 있어도 상처 받지 않은 척, 괜찮은 척, 밝은 척을 했어. 사람들에게 좋은 사람이 되고 싶었고, 사랑받고 싶었어. 그래서 내가 가진 별의 뾰족한 꼭짓점을 점점 더 안으로 숨겼어. 그런데 그럴수록 가시처럼 뾰족한 부분에 스스로 찔려 마음에 상처가 났어. 상처는 아물지 않고 점점 곪아 갔어.

지금 생각해 보면, 그 시절의 나는 다른 사람을 함부로 대하는 사람, 타인을 자신의 감정 쓰레기통으로 여기는 사람, 타인을 이용해 자기 이익을 챙기는 사람과 그렇지 않은 사람을 구별할 줄 아는 눈이 없었어. 그리고 그런 사람들은 쉽게 바뀌지 않는다는 사실도 몰랐어. 사람들에게 미움을 받고 싶지 않아서, 나를 좋아하는 마음이 떠나

갈까 봐 무섭고 겁이 나서 늘 전전긍긍했어. 정작 스스로의 마음은 들여다보지 않았지.

"이렇게 마음이 약해서 앞으로 세상을 어떻게 살아갈래?"라며 엄마는 나를 혼냈어. 언니 무화과 역시 "니는 더 강해져야 한다!"라고 말했어. 그런 말을 들으면 꼭꼭 감춰 뒀던 가시가 다시 삐죽! 하고 밖으로 튀어나왔어. 가까운 가족에게는 내가 가진 뾰족한 모습을 숨기기가 힘들었어. 가까운 만큼 더 많이 부딪혔던 거야. 특히 엄마는 사 남매 중 유독 나에게 엄해서, '엄마는 나를 사랑하긴 하는 걸까?'라는 생각을 하기도 했어. 어려서부터 엄마에게 칭찬 받은 기억보다 혼난 기억이 더 많았거든.

그런데 어느 날, 아빠가 엄마에게 우리 사 남매가 미래에 되고 싶은 직업으로 불러 주자는 제안을 하셨어. 그날 이후 엄마는 나를 작가님이라고 부르기 시작했어. 처음에는 그 말이 어색하고 부끄러웠어.

엄마는 지금까지도 나를 "작가님~"이라고 부르셔. 그 덕분인지 정말로 나는 작가가 되었어.

예전에는 종이가 귀해서 이면지를 연습장 대신 사용하

고, 은행에서 준 커다란 벽 달력은 명절마다 우리 집에서 튀김과 전 등을 올려 두는 고급 기름종이 역할을 톡톡히 했었거든. 그 귀한 종이를 엄마는 내가 그림 그리고 싶다고 하면 아낌없이 내어 주셨어. 그리고 매일 아침 신문에서 만화와 관련된 기사를 보면 따로 챙겨 두었다가 꼭 보여 주셨어.

엄마가 나를 사랑하지 않는다는 건 내 착각이었어. 엄마는 사실 그 누구보다 내가 그림 그리는 것을 응원하고 좋아해 주셨으니까.

언니 무화과와 나는 어릴 때부터 참 많이 달랐어. 초등학교 때부터 내내 반장, 부반장을 도맡아 할 정도로 외향적이고 리더십 강한 사람이자 누구와도 잘 지내는 동그란 보름달 같은 성격을 가진 언니. 그런 언니와 다르게 나는 내향적이라 사람 사귀는 일도 힘들고, 사람들이 많은 곳에 가면 다른 사람의 기분을 신경 쓰느라 금세 지치고 피곤해했어.

어릴 때는 나와 정반대의 성격을 가진 언니가 부럽고 언니처럼 되고 싶었어. 그런 언니에게 "니는 참 까칠하다"라는 말을 많이 들었어. 그 말을 들으면 나는 정말로 까칠까칠 고슴도치가 된 듯 온몸의 가시가 뾰족하게 섰어. "예민하다" "까칠하다"라는 소리를 들으면 왠지 화가 났어. 너그럽고 느긋한 건 좋은 성격이지만 예민함은 고쳐야 하는 나쁜 성격이라고 말하는 것 같았어. 그래서 예민한 사람인 내가 나쁜 사람인 것처럼 느껴졌지.

한번은 언니를 따라 언니가 다니는 대학교에 놀러 간 적이 있어. 그때 난생처음 보는 사람이 나를 아는 체하며 말했어.

"무화과 동생이지요? 이야기 많이 들었어요."

"네? 아! 안녕하세요."

"무화과가 늘 동생 그림 잘 그린다고 자랑했어요."

"아…… 감사합니다."

고개를 돌려 언니를 바라보니 언니는 쑥스러운지 이를 드러내고 "히" 하고 웃었어. 언니가 그런 말을 했다니. 그날은 온종일 기분이 이상했어.

어릴 때는 엄마와 언니의 진짜 마음을 잘 보지 못했어.

그래서 화가 나고 속상한 날도 많았지. 오랜 시간이 지나고 나서야 엄마와 언니가 했던 말들은 나를 걱정하는 마음, 사랑하는 마음에서 나온 말이었다는 걸 알게 되었어.

엄마는 당신을 쏙 빼닮은, 별 모양의 마음을 가진 내가 걱정스러운 마음에 잔소리했던 것이었어. 그리고 동그란 달 모양의 마음을 가진 언니와 별 모양의 마음을 가진 나는 서로 달라 많이 투덕거렸지만, 사실은 미움보다 애정이 훨씬 더 큰 것이었고 말이야.

아이의 기질에 관해 다룬 〈EBS 다큐프라임-아이〉라는 다큐멘터리를 본 적이 있어. 영상에는 이런 내용이 나왔어. 예민함은 좋은 것도 나쁜 것도 아니라고. 남들이 듣지 못하는 걸 듣고, 남들이 맛보지 못하는 것을 알아채는 능력을 가진 것이니 그 기질을 이해해 주는 세상에서 사는 것이 행복의 조건이라고 말이야. 그 한마디가 내 마음 속에 나 있던 오래된 상처를 어루만져 주었어.

'아, 그렇구나. 내가 이렇게 뾰족뾰족 예민하게 태어났기에 남들이 보지 못하는 것, 남들이 느끼지 못한 것, 그

런 더 많은 것들을 보고 느낄 수 있는 거구나.'

연필을 깎아 본 적 있니? 연필깎이에 뭉툭한 연필을 넣고 열심히 돌리면 뾰족하게 깎이잖아. 그런 뾰족한 연필심도 자꾸 그리다 보면 닳아서 또 다시 뭉툭해지는 순간이 오는 것처럼, 마음이 가시처럼 뾰족해지는 일들도 계속 부딪쳐 보니, 지나고 나면 아무것도 아닌 일이기도 했다는 것을 깨닫는 순간이 오더라.

그러니까 '나에게 왜 이러는 거야?!' '나는 왜 이럴까?' 하며 주위 사람들과 스스로에게 너무 가시를 곤두세우지 않아도 돼. 고슴도치가 가시를 가지고 있는 건 누군가를 해치기 위해서도, 스스로를 다치게 하기 위해서도 아니야. 바로 자신을 보호하기 위함이야. 그래서 섬세하고 예민한 나는 남들과 다른 별 모양으로 태어났나 봐. 어느 순간, 뾰족뾰족 튀어나온 별의 끝부분은 정교하게 잘 깎은 연필로 변했어. 그리고 그 연필은 종이 위를 이리저리 움직이며 즐겁게 그림을 그리기 시작했어.

나만의 속도로 하나둘

　고등학생 때 반에서 공부를 잘하는 사과라는 친구가 있었어. 사과는 국영수 같은 주요 과목뿐만 아니라 다른 아이들이 등한시하는 체육 시간에도 늘 최선을 다하는 친구였어. 나는 마음속으로 그런 사과가 부럽고 꽤 멋있다고 생각했어.

　사과는 반 친구들이 공부하다 모르는 부분을 물어도 단 한 번도 귀찮아하는 기색이 없었어. 이해할 때까지 조곤조곤 친절히 잘 설명해 줬지. 나는 사과에게 내가 제일 약한 과목인 수학을 종종 물어봤어. 하루는 사과에게 수학 문제가 아닌 다른 것이 궁금해졌어.

"사과야, 너는 무슨 과목이 제일 재미있어?"

그러자 사과는 반달눈을 하고 하얗고 가지런한 이가 다 드러나게 씩 웃으며 수학이 제일 재미있다고 대답했어. 헉, 수학이 재미있다니?! 수학은 쥐약인 나는 수학이 좋다는 사과가 너무 신기했어. 그 이유를 물으니, 사과는 상기된 볼을 하고 이렇게 말했어.

"수학은 정답이 있잖아. 난 그 정답을 찾는 일이 좋아!"

학교를 다닐 때는 숙제하다가 답을 모르면 몰래 전과 뒤쪽에 있는 답안지를 펼쳐서 베껴 적었어. 교과서에 나온 모든 문제는 학습 참고서인 전과만 있으면 손쉽게 해결할 수 있었거든. 그런데 내가 그리고 싶은 그림에 대한 답은 전과에 없었어. 그럴 때마다 이렇게 생각했지.

'그림도 수학처럼 정답이 있으면 얼마나 좋을까?'

어릴 때부터 나는 질문이 참 많은 아이였어. 세상은 온통 물음표투성이였지. 궁금한 게 생기면 어떻게든 답을 찾아야 직성이 풀렸어. 그때는 세상의 모든 일이 시험지의 답안지처럼 정해진 답이 꼭 하나씩은 있을 거라고 믿었거든. 그래서 그림도 어떤 식으로 그려야 한다는 정답이 있을 거라고 생각했지.

그런데 알고 보니 세상에 수학 문제처럼 명쾌한 정답이 있는 일은 생각보다 적더라. 인생도 그림도 누군가의 답안지를 보고 따라 하는 게 아니라, 자기 스스로 답을 찾고 만들어 가는 거였어.

추위가 조금 풀린 3월, 작업실에서 그림을 그리다 햇빛도 쐴 겸 잠깐 산책하러 밖으로 나갔어. 그날도 나는 여전히 두꺼운 패딩을 입고, 심지어 목도리도 하나 두르고 있었어. 풀린 날씨만큼 가벼워진 옷차림으로 길거리를 걷는 사람들 사이로 간혹 반팔 티를 입은 사람도 보였어. 그 속에 혼자서 양파처럼 겹겹이 껴입은 나. 나 혼자만 이상한 사람이 된 기분이었어. 거추장스러워 보이는 목도리라도 풀어 볼까 싶어서 목도리로 손을 가져가는데, 때마침 어디선가 찬바람이 쌩하고 불어왔어.

"으~ 추워!"

나도 모르게 몸을 웅크렸어. 그러고는 '내가 대체 무슨

바보 같은 생각을 한 거지? 이렇게 껴입고도 추운데!'라
고 생각했지.

목도리를 다시 꽉 동여매고 나서 주위를 둘러보니, 봄
이라 나무들이 여기저기서 예쁜 꽃을 팝콘처럼 팡팡 피
워 내고 있었어. 어느 집 마당에는 벌써 하얀 목련이 복스
럽게 피어 있는데, 그 옆의 벚나무는 아직도 쿨쿨 겨울잠
을 자고 있었어. 아파트 담벼락 아래를 지날 때는 노란 개
나리 하나가 내 머리 위로 슬그머니 꽃망울을 터트리기
시작했어.

그거 아니? 봄에 꽃나무를 잘 관찰하면 저마다 꽃 피는
시기가 다르다는 걸 알 수 있어. 동네를 부지런히 산책하
며 알게 된 사실인데, 봄에는 동백, 매화, 목련, 개나리, 진
달래, 벚꽃, 유채꽃 순으로 꽃이 피더라. 이 꽃들은 전부
봄에 피는 꽃들이지만, 개나리가 목련보다 조금 늦게 꽃
망울을 터트린다고 그 누구도 나무라지 않아. 개나리는
개나리의 속도로, 목련은 목련의 속도로, 자신의 속도에
맞춰 자신만의 예쁜 꽃을 피워 내.

어린 시절 나는 반짝이는 금색과 은색이 있는 48색 크

레파스 세트를 가진 친구를 부러워했어. 기본 색만 있는 18색 크레파스 세트로 그린 내 그림에 비해 반짝반짝 화려한 금색과 은색을 사용해서 그린 친구의 그림은 뭔가 더 특별해 보였거든. 나도 금색, 은색 크레파스가 있으면 더 멋진 그림을 그릴 수 있을 것만 같았지.

그러다 내게도 금색, 은색 크레파스가 생겼어. 신나서 그 두 색으로만 그림을 그렸어. 하지만 내 예상과 달리 금색과 은색으로만 채워진 그림은 오히려 이전에 그린 그림들보다 별로였어. 그때 알았지. 금색과 은색은 다른 평범한 색들 덕분에 빛나 보였다는 걸 말이야.

너희는 아침에 눈을 떠서 가장 먼저 하는 일이 뭐야? 혹시 휴대폰을 켜고 SNS를 확인하지는 않니? 그래. 우리는 손가락 터치 몇 번으로 타인의 삶을 실시간으로 들여다볼 수 있는 시대에 살고 있어. 그래서 더더욱 눈 뜨고 나서 잠들기 직전까지 무의식 중에 타인과 나를 비교하며 시간을 보내는 경우가 많은 것 같아.

SNS에 올라오는 친구의 삶을 보며 그 친구보다 내가

덜 행복하다고 생각한 적 있니? '우리 반 ○○(이)는 벌써 □□도 가지고 있는데……. 나는 뭐지?' 하고 끊임없이 남과 나를 비교한 적은 없니? 만약 나도 모르는 사이 타인의 삶을 보며 스스로를 깎아내리고 있었다면, 이제는 그러지 않았으면 좋겠어. SNS는 인생의 하이라이트만 올라가 있는 곳이라는 말도 있잖아. 모두가 SNS에 보이는 것처럼 반짝이고 화려한 모습만 가지고 살지는 않아.

내가 가지지 못해 부러워했던 금색과 은색 크레파스처럼, 사람들도 특별했던 순간 혹은 남들에게 보여 주며 자랑하고 싶은 것들만 SNS에 올리는 거야. 그러니 너무 타인을 신경 쓰지 마. 내 삶의 기준은 남이 아닌 내가 되어야 해.

남들과 똑같지 않아도 괜찮아. 저 사람이 나보다 저만치 앞서가는 것처럼 보일 수도 있고, 실제로 멋진 것을 많이 가지고 있을 수도 있어. 하지만 그런 것에 마음이 조급해질 필요는 없어. 우리 모두 각자만의 속도로 자신이 좋아하고, 그리고 싶은 그림을 하나씩 그려 가면 돼. 남들이 뭐라 하든 의연하게 내가 그리고 싶은 그림을 그리며 자신만의 속도를 찾아보는 거야. 꼭 명심해. 세상에 망한 그림은 없어. 내 그림의 정답은 오직 나만이 가지고 있어.

(추신: 이건 너희한테만 하는 얘긴데, 나는 이 글을 쓰고 있는 5월의 마지막 날인 오늘까지도 털이 복슬복슬한 수면 잠옷을 입고 있어. 언제쯤 수면 잠옷을 벗게 될까? 그건 나도 잘 몰라.)

작은 세상들을
채집하자

　최근에 길을 걷다 책가방에 무언가를 주렁주렁 매달고 다니는 학생들을 보았어. 학생들이 걸을 때마다 가방에 매달려 있는 캐릭터가 인쇄된 아크릴 키 링과 솜 인형이 이리저리 흔들렸어. 내가 중학교를 다닐 때만 해도 전교생 모두가 귀밑 3센티미터의 까만 단발머리를 하고, 검정색 단화에 흰 양말을 신고, 단정하게 교복을 입어야 했어. 아마 우리의 뒷모습만 보고서는 누가 누군지 구분하기 힘들 정도로 똑같아 보였을 거야.

　엄격한 교칙 아래에서도 사춘기 소녀들은 남들과 달라 보이고 싶었어. 그때 각자의 개성을 표현할 수 있는 방법

은 책가방에 작고 동그란 핀 버튼이나 군번줄 키 링을 다
는 거였어. 우리는 그 작은 소품들로 저마다의 색깔을 드
러냈어. 요즘에는 대부분의 학생이 '포카(포토 카드)'와 키
링, '인생네컷' 등 다양한 종류의 굿즈를 모으는 것 같더
라. 이제는 굿즈를 모으는 것이 단순히 유행을 넘어 취미
이자 일상이 된 것 같아.

그러고 보니 내가 중학생일 때에도 친구들 사이에서
함께 사진 찍는 게 유행이었어. 다른 점이 있다면 그때는
그 사진을 부르는 이름이 인생네컷이 아니라 '스티커 사
진'이었어. 하굣길에 한 번씩 친한 친구와 스티커 사진 부
스에 들어가 사진을 찍었던 기억이 나. 화면 속 다양한 프
레임에 맞춰 귀여운 자세를 취하면 찰칵찰칵 사진이 찍
혔지. 사진을 찍고 나서는 기계에 붙어 있는 펜으로 화면
위에 글자를 적어서 꾸미면 스티커 사진이 출력되어서
나와. 그럼 그걸 가위로 오려서 친구와 나눠 가졌어. 그렇
게 친구와 함께 찍거나 선물받았던 스티커 사진들은 전
부 스티커 사진 앨범에 보물처럼 하나씩 붙여서 모았어.

중학생때 내가 열심히 모으던 것이 또 하나 있어. 바로 편지지였어. 참새가 방앗간을 그냥 못 지나치듯 나는 문방구 앞을 못 지나치는 아이였어(사실 그건 지금도 여전해). 일과를 마치는 종소리가 운동장 가득 울려 퍼지면 바람처럼 교문을 통과해서 곧장 학교 앞 문방구로 달려갔어. 각양각색의 학용품 코너를 지나면 편지지가 진열된 아이보리색의 철제 진열장이 나왔어. 그 앞에 서서 그동안 새로 나온 편지지는 없는지 진열장 전체를 눈으로 한 번 쓱 스캔하고, 처음 보는 편지지가 보이면 구성과 디자인이 어떤지 요리조리 꼼꼼하게 살펴봤지.

편지지에 푹 빠져 살다 보니 신기한 사실을 하나 알게 되었어. 그건 바로 문방구마다 파는 편지지 종류가 다르다는 거였어. 요즘의 소품 숍이나 독립 서점처럼 문방구에 진열된 문구 제품에도 주인의 취향이 반영되어 있었어. 학교 앞 문방구에는 귀여운 캐릭터 편지지가 많았다면, 집 근처 놀이터 옆 팬시점에는 감성적이고 클래식한 느낌의 편지지가 많았어. 핑계로 들릴지 모르겠지만, 나는 어쩔 수 없이 매일 동네에 있는 문방구란 문방구는 모두 다 순회공연을 하듯 돌 수밖에 없었단다.

편지지를 살펴보는 건 참 재미있는 일이었어. 편지지는 각자 다양한 형태와 구성을 가지고 있었어. 어떤 편지지는 편지지와 봉투, 봉투를 봉하는 스티커가 세트로 구성되어 있었어. 또 다른 편지지는 전개도처럼 펼쳐진 종이 뒷면에 편지를 쓴 뒤 풀로 붙일 수 있도록 봉투와 편지지가 일체형인 디자인도 있었어. 그 외에도 '부르부르도그'나 '콩콩이'처럼 귀여운 캐릭터 일러스트가 그려진 편지지, 몇 개의 다른 디자인이 반복되는 떡 메모지 형태의 두터운 패드형 편지지, 빨주노초파남보 화려한 무지개 색지로 된 편지지 세트, 부드러운 손 그림 느낌이 물씬 풍기는 일러스트 편지지, 영화 속 멋진 장면이 담긴 사진 편지지, 직접 만들어 사용할 수 있게 나온 DIY 형식의 편지지 잡지 등등 정말 다양한 편지지가 있었지.

사고 싶은 편지지는 많고 많은데, 용돈은 적어서 마음껏 사지 못했어. 그래서 내가 택한 방법은 바로 편지지와 편지 봉투를 직접 만드는 것이었어. 보통은 연습장을 죽 뜯어서 편지지를 만들었어. 그러다 집에 있는 책 중에서 예쁜 색의 질감이 독특한 면지를 발견하면, 가족들 몰래 그 페이지만 조심히 칼로 오려서 편지지를 만들기도 했어. 그렇게 나만의 편지지로 친구에게 편지를 썼어.

고맙게도 친구들은 문방구에서 파는 편지지에 비하면 엉성하기 짝이 없는 내 수제 편지지를 더 좋아해 주었어. 그 기억으로 지금까지도 계속 가족의 생일과 새해 등 특별한 날에는 내가 만든 편지지에 편지를 적어서 선물하고 있어.

생각해 보면 중학생 때 내가 편지지를 좋아했던 이유는 예쁜 디자인 때문이기도 했지만, 편지로 주고받는 다정한 마음을 좋아해서였어. 그래서 그 시절 친구들에게 받았던 편지들은 아직도 소중히 간직하고 있어.

나는 여전히 편지지를 좋아해. 어른이 되니 어릴 때는 쉽게 살 수 없었던 문구 제품들도 내 마음대로 살 수 있었어. 어른이 되고 나서는 직접 만든 엽서와 키 링, 에코백 등을 예술 시장에 가지고 나가 판매하기도 했어. 편지지를 만들던 중학생 때로 돌아간 것처럼 재미있었지. 그러던 나는 결혼과 동시에 문구 디자이너인 남편 복숭아와 함께 디자인 문구 브랜드를 시작했어. 좋아하는 것이 같은 사람과 좋아하는 것을 만들 수 있다는 건 정말 멋있는 일이었어.

우리가 작업할 때면 책상 위에는 언제나 고양이 나초와 쿠키가 올라와 있었어. 여느 날처럼 우리는 곁에 있는 두 고양이를 보다가 번뜩 브랜드 이름에 대한 아이디어가 떠올랐어. '고양이가 디자인 문구를 만든다면?'이라는 귀여운 상상과 함께 '늘 우리 곁(BY)에 있는 고양이처럼 오래도록 누군가의 책상 위에서 함께하는 물건을 만드는 브랜드가 되었으면 좋겠다'라는 생각 말이야. 그래서 나초의 '나(NA)'와 쿠키의 '쿠(COO)', 아이들 이름의 앞 글자를 하나씩 따서 '바이나쿠(BY.NACOO) 스튜디오'라 이름을 짓고, 노트, 카드, 스티커, 북 마크, 달력, 다이어리 등 여러 가지 문구 제품을 즐겁게 만들었어.

어느 날은 새로운 매장에 입점 제안이 와서 우리가 만든 문구 제품을 판매할 아크릴 진열대와 기타 집기를 들고 갔어. 아크릴 진열대를 매대 위에 올리고, 그곳에 제품을 가지런하게 진열했어. 진열하는 도중에 우리 매대를 구경하거나 제품을 구입해 가는 사람들을 만나기도 했어. 그중에서도 특히 진열대 앞에 서서 우리 제품을 구경하는 학생들을 보면 몸이 배배 꼬이고 기분이 이상해졌어. 학생들의 모습이 꼭 학창 시절의 내 모습 같았거든.

그러고 보니 우리가 바이나쿠 스튜디오를 시작한 지도 벌써 십이 년이 되었구나. 육 년 전부터는 동생 도토리도 함께 일하고 있어. 이 일을 시작하고 십 년이 넘었지만 일할 때 여전히 재미있고 설레는 걸 보면, 나는 정말 이 일을 좋아하나 봐. 지금까지 이 일을 계속할 수 있었던 건 우리가 만든 물건을 좋아해 주는 사람들 덕분이라고 생각해.

나는 병뚜껑부터 선물에 딸려 온 포장지와 리본까지, 이것저것 가리지 않고 모으는 게 취미야. 이런 나를 보고 남편 복숭아는 다람쥐 같다고 해. 그 말을 듣고 보니 우리가 좋아하는 것들을 모으며 삶을 채워 가는 모습이 꼭 다람쥐를 닮았더라.

다람쥐는 추운 겨울이 오기 전에 그해 겨울을 무사히 보내기 위해 미리 먹이를 저장하는 습관이 있대. 빛깔 좋고 잘 여문 도토리만 가득 모은 다음 여러 장소에 나누어 잘 숨겨 두었다가 땅에 묻어 두었던 도토리들을 잊지 않고 기억해서 겨우내 꺼내 먹는다고 해.

그런데 다람쥐는 자신이 도토리를 숨겨 둔 위치를 전부 다 기억하지는 못한대. 여기저기 꽁꽁 잘 숨겨 둔 바람에 본인도 어디에 묻었는지 찾지 못하는 거지. 그 덕분에 다람쥐가 찾지 못한 도토리들은 땅에 뿌리를 내려 푸른 도토리나무가 되고, 그 나무들이 모여 울창한 숲이 된다고 했어.

참 신기하지? 어린 시절에 내가 좋아하는 것들을 열심히 모으고, 좋아하는 일을 하며 보냈던 시간은 나에 대해서 더 잘 알아 가는 과정이었던 것 같아. 사실 단순히 내가 좋아서 한 것일 뿐인데, 어느 순간 주위를 둘러보니 좋아하는 것들에 가득 둘러싸여서 하고 싶은 일을 하며 사는 어른이 되었어.

너희도 좋아하는 일을 하며 살고 싶다고? 그럼 지금부

터 주변에서 좋아하는 것들을 하나둘 찾고 모아 보자. 어떤 것이든 상관없어. 네가 소중하게 생각하는 것, 자꾸 관심이 가는 것, 그 일을 할 때면 즐겁고 마음이 두근두근 설레는 것이라면 모두 좋아. 그것들을 하나둘 채집해서 네 마음속 작은 정원에 모아 두는 거야. 그 정원을 아끼고 잘 돌보다 보면 어느새 네 주위와 네 삶이 온통 좋아하는 것으로 가득 채워져 있을 거야.

오늘도 부지런히 너만의 도토리를 찾고 모으렴. 아직 크기는 작아도 좋아하는 것들로 채워진 소중한 너의 정원은 시간이 흐를수록 반짝이는 도토리가 가득 열리는 나무가 무성한 멋진 숲이 될 거야. 언젠가 그 숲에 나도 꼭 초대해 줘.

그림이 마음의 빈자리를
채워 줄 수 있을까?

"고등어 팝니다~! 고등어! 싱~싱~한 고등어 사러 오이소~!"

어렸을 때 고등어 장수가 트럭에 고등어를 싣고 온 동네를 돌아다니며 트는 방송을 따라 하고는 했어. 영화 〈고양이를 빌려드립니다〉는 주인공 사요코가 마치 그 고등어 장수처럼 수레에 고양이를 싣고 "렌타~ 네코~(고양이~ 빌려드립니다~)"를 외치고 다니며 사람들을 만나는 이야기야. 사요코는 외로운 사람들에게만 고양이를 빌려줬어. 신기하게도 고양이를 빌린 사람들에게 있던 마음속 구멍은 작은 고양이 덕분에 서서히 채워졌어.

영화에 손님으로 한 아저씨가 나왔는데, 그 아저씨가 신은 양말에는 커다란 구멍이 나 있었어. 영화를 보는 동안 그 구멍이 자꾸 눈에 들어왔어.

내가 초등학생 때 우리 집은 아침마다 양말 때문에 전쟁이었어. 신으려는 양말에 죄다 구멍이 나 있었거든. 그 양말을 신고 학교에 가기가 부끄러워 현관 앞에서 발을 동동 구르고 있으면, 엄마가 실과 바늘을 꺼내 능숙한 솜씨로 구멍을 꿰매 주셨어. 그 시절 우리가 신던 양말은 시장통에서 뭉텅이로 싼값에 팔던 양말이라, 한창 신나게 뛰어다닐 나이의 우리 사 남매는 새 양말을 꺼내 신은 지 얼마 되지 않아서 양말에 구멍을 내고는 했어. 엄마는 매번 번거로우셨겠지만, 그 구멍 난 양말 덕분에 우리는 매일 아침 엄마의 따뜻한 사랑을 느낄 수 있었어.

앞에서 내가 번아웃 증후군을 겪은 적이 있다고 했지? 그 시절에는 한동안 그림을 그릴 수가 없었어. 몇십 년을 그려 오던 그림이었는데, 선 하나 긋지 못하는 내가 한심하고 바보 같았어. 이대로 다시는 그림을 그리지 못할까 봐 책상 앞을 떠나지 못했어.

그러던 어느 날, 낙서 같은 그림을 겨우 하나 그렸어. 하얀색 종이를 닮은 하얀 고양이가 태어났어. 종이 위에 까만 선 몇 개로 그린 무심한 표정의 고양이였지. 그림 그리는 일은 여전히 고통스러웠지만, 그 낙서 하나에 그동안 꽉 막혀 있던 숨통이 트이는 듯한 기분이 들었어.

이따금 창밖에서 깊은 밤을 달리는 차들의 소음 말고는 고요하고 평화로운 밤, 사각사각 흰 종이 위에서 꽃처럼 피어나고 있는 검은 선을 보았어. 그 선을 보며 오롯이 그리기에 집중하면 다른 생각이나 불안, 고민, 걱정이 더는 떠오르지 않았어. 연필에서 나는 나무와 흑연의 향이 마음을 평화롭게 만들었어. 텅 비어 있는 도화지를 마주하는 시간이 무섭기도 했지만, 그 시간 위에 그림을 그린다고 생각하면 두려움이 사그라들었어.

그 뒤로 아빠가 살고 계신 시골에 간 적이 있어. 아빠는 마당에 잘 말려 둔 장작을 한 아름 가지고 부엌 옆 아궁이로 향하셨어. 타닥타닥. 얼마 지나지 않아 아궁이 속 나무 장작들이 소리를 내며 타오르기 시작했어. 아빠는 볼이 터져라 입으로 열심히 바람을 불어 넣으며 불이 잘 번질 수 있게 이리저리 마른 장작의 위치를 옮겼어.

날이 추워진 이후 우리가 시골에 가면 아빠는 늘 아궁이에 불을 때셨어. 집 안이 따뜻하게 데워지기까지는 시간이 꽤 걸리는데도 아빠는 콩 벌레처럼 몸을 동그랗게 말고 웅크리고 앉아 아궁이 앞을 지켰어. 나에게는 추우니 얼른 방에 들어가라며 손을 휘휘 내저었지만, 나는 못들은 척하며 아빠 뒤에 서 있곤 했어. 아궁이 속 빨간 불길에서 눈을 떼지 않는, 이따금 하얀 입김이 등 너머로 올라오는 아빠의 뒷모습을 보며 문득 '내 그림도 누군가의 마음을 따뜻하게 데워 줄 수 있을까?'라고 생각했어.

어느덧 계절이 바뀌고 크리스마스가 되었어. 여전히 나는 번아웃 증후군을 겪고 있었어. 남편 복숭아와 오늘 하루 뭘 하며 보낼지 이야기하다가 빵집에 들러 작은 조각 케이크를 사고, 우리가 좋아하는 책방에 가기로 했어. 매서운 겨울바람과 싸워 도착한 책방. 상냥한 책방 주인과 반갑게 인사를 나누고 단정하게 진열된 책들 사이를 거닐며 책을 구경했어. 그러다 높이가 낮은 나무 책장 위에 눕혀진 손바닥만 한 책 하나가 눈에 들어왔어. 책을 집어 들고 몇 장 넘기다 한 구절에서 눈길이 멈췄어.

당신의 상처는 빛이 들어오는 입구입니다.

눈앞의 문장을 작게 따라 읽자, 커다랗게 구멍 나 있던 내 마음에 작은 햇빛 한 줄기가 들어오는 느낌이 들었어. 그 책을 사서 집으로 돌아올 때 내 마음의 상처가 빛이 들어오는 입구라면, 나에게 그림은 그 입구로 들어오는 따뜻한 햇빛이 아닐까? 하는 생각이 들었어.

그 후로 조금씩 그림을 그릴 수 있는 날들이 이어졌어. 마법처럼 고장 났던 몸과 마음이 조금씩 괜찮아졌어. 아이러니하게도 그림 때문에 번아웃 증후군이 왔던 내가, 그림 덕분에 일상으로 돌아올 수 있었어. 그림이 내 마음의 빈자리를 채워 줬어.

그즈음 매일같이 그리던, 도화지를 닮은 흰 고양이에

게 이름을 선물해 주고 싶었어. '사람들이 이 친구를 보며 행복까지는 바라지 않더라도 매일 밤 마음 편히 잘 수 있었으면 좋겠다'라는 마음에 마음이 편안하다는 뜻을 가진 순우리말 '안녕'과 고양이의 '냥'을 합쳐서 '안냥'이라고 부르기로 했어.

안냥을 그리며 사람들에게 생각지도 못한 사랑과 마음을 받았어. 안냥을 보면 마음이 따스해지고 위로가 된다는 말을 많이 들었어. 내 컴퓨터에는 그런 따뜻한 마음들을 모아 둔, '주고받은 마음들'이라는 폴더가 있어. 내가 소중하게 생각하는 편지와 선물을 사진으로 찍어 저장해

두는 곳이야. 마음 같아서는 전부 다 소개하고 싶지만, 그
곳에 저장해 둔 것 중 몇 가지만 골라 보여 줄게.

"바라만 보고 있어도 미소 짓게 만들어 줘요."

"항암 치료 중이라 우울한데 보기만 해도 힐링이에요."

"부모님 때부터 저희도 목욕탕을 운영하고 있는데, '안
냥탕' 스티커에 있는 이야기가 너무 따뜻해서 식구끼리
모여 스티커 보면서 이야기보따리 많이 풀었네요. 고맙
습니다."

"정혜야, 꼭 원하는 대로 네 인생을 펼쳐 나가길 진심
으로 바랄게. 파이팅. ─ 정혜를 너무 좋아하는 미술 선생
님이."

"선생님 그림은 예전이나 지금이나 참 따뜻해요. 마치
오후 네 시에서 다섯 시 사이의 노란 햇볕 같아요. 선생님
이 따뜻한 분이시니 그림에도 나타나는 거겠죠! 선생님
을 뵀던 그때의 시간은 제 머릿속에 정말 짧게 남아 있지
만, 이만큼 강렬하게 남아 있는 것은 제게 선생님은 정말
좋은 분이셨다는 걸 말하는 게 아닐까 싶어요. 어린 날 제
게 좋은 기억을 심어 주셔서 감사합니다, 선생님."

"쩡혜~ 올해도 어김없이 네 카드를 받아서 기뻤다. 행복한 생각과 이쁜 생각만으로 가득 찬 정혜가 되길 바라며. — 정혜를 미워하는 만큼 사랑하는 단 하나뿐인 언니 주리가."

"정혜야. 항상 네 일하랴, 집안일하랴, 하루도 편히 쉬지 못하고 지쳐 있는 너를 보면 엄마는 항상 미안하기만 하다. 집안일은 적당히 챙기고 네 일과 네 건강을 신경 써야 한다. 항상 토끼잠 자는 것 보면, 엄마는 항상 걱정이다. 사람은 건강이 제일이다. 모든 것이 다 있어도 건강하지 않으면 아무 소용없다. 네 꿈을 펼치기 위해선 항상 건강, 건강이 제일이다. 정혜야, 항상 건강을 생각해서 모든 것을 하여라. 지치고 힘들면 모든 것을 다 할 수 없다. 잠 좀 많이 자고 건강하자, 알았지? 정정혜 샘 파이팅! — 정정혜 한정 잔소리꾼 엄마 적음. 사랑해."

마음을 꾹꾹 눌러 담아 적었을 이 다정한 글들을 열어 볼 때마다 내 가슴은 뭉클하고 따뜻해져.

구멍 난 양말을 수선해 주던 엄마와 아궁이에 불을 때

주던 아빠처럼, 내 그림을 좋아해 주는 사람들에게 받은 사랑과 다정함에 늘 감사함을 느껴. 그 마음들에 보답하기 위해서라도 앞으로 계속 그림 그리는 삶을 즐겁게 이어 가고 싶어. 내 그림이 사람들의 마음에 가닿아 외롭고 허전한 마음의 빈자리를 채워 줄 수 있다면, 따뜻하게 껴안아 줄 수 있다면, 지친 하루를 쓰다듬어 줄 수 있다면, 다정한 친구가 될 수 있다면 좋겠어.

너희의 마음속 빈자리를 채워 주는 건 무엇이니?

한 발 뒤로
물러서서 바라보기

어릴 때 나는 방바닥에 엎드려 그림 그리는 걸 좋아했어. 가만히 있어도 이마에 송골송골 땀방울이 맺히는 무더운 여름날에는 차갑고 매끄러운 장판이 집 안 어느 곳보다 시원했고, 집 안에 있어도 새하얀 입김이 나오도록 추운 겨울날에는 따끈따끈한 전기장판 위에 엎드려 푹신한 솜이불을 덮고 그림을 그렸어. 왼쪽 뺨을 연습장에 대거나 코를 박고 열심히 그렸지.

고등학생이 되어 입시 미술을 할 때, 나무 이젤에 큰 화판을 올려 두고 내가 평상시 그리던 연습장보다도 몇 배나 큰 사절지에 그림을 그리게 되었어. 커다란 종이는 한

149

눈에 다 들어오지 않아서 그림을 그리다 중간중간 몇 번이고 의자에서 일어나서 내가 생각한 대로 잘 그려지고 있는지 확인해야 했어. 형태가 틀린 부분은 없는지, 명암이 어색하거나 뭉개지지는 않았는지, 앉았다 일어났다, 뒤로 물러섰다를 반복하며 그림을 그렸어. 그림을 잘 그리려면 눈앞의 작고 세밀한 부분을 잘 묘사할 줄 알아야 하지만, 전체를 균형 있게 바라볼 줄 아는 눈도 가져야 하거든.

학창 시절, 미술 시간에 야외로 나가 풍경화를 그리는 날을 참 좋아했어. 양손의 엄지와 검지로 손가락 총을 만들고 한 손을 뒤집어 모으면 네모난 창이 하나 생겨. 스케치북을 겨드랑이에 끼고 그 창을 이리저리 움직이며 내가 그릴 풍경을 찾아다녔지. 마음에 드는 풍경이 내 손의 창 안에 들어오면 비로소 자리를 잡고 앉아 종이 위에 스케치를 시작했어.

그림을 그리다 보면 어느새 친구들이 나를 발견하고는 옆에 자리 잡고 앉아 함께 그림을 그렸어. 그런데 신기하게도 완성된 그림을 보면 우리가 그린 풍경이 모두 다 달랐어. 같은 자리에서도 저마다 다른 풍경을 바라보고 있었던 거야.

　대학교 졸업 후 처음 수업을 하러 간 초등학교에서 여교사 화장실을 사용할 때 종종 화장실을 청소하시는 선생님을 만나곤 했어.

　"안녕하세요. 선생님 덕분에 깨끗한 화장실 써요."

　그분을 뵈면 항상 고마운 마음을 전했어.

　"안녕하세요."

　그분도 항상 수줍게 웃으며 같이 고개 숙여 인사를 해 주셨어.

　그날도 화장실에서 그분을 만났어.

　"감사합니다. 오늘도 고생 많으세요!"

　"아니에요. 항상 밝게 인사해 주셔서 감사해요."

　선생님은 평소에 먼저 당신에게 인사하는 사람이 잘 없다며, 내가 늘 고마웠다고 하셨어. 그리고 생각지도 못한 당신의 이야기를 들려주셨어. 자신의 남편은 다른 학교의 관리직(교감·교장 선생님)으로 일하고 있어서 사실 일을 하지 않아도 괜찮지만, 집에서 가만히 시간을 보내는 것보다 무슨 일이라도 하고 싶어 일을 찾다 보니 초등학교 화장실 청소 일을 시작했다고 하셨어. 학교에 있는 화장실 전체를 혼자서 다 청소해야 해서 힘이 들긴 해도, 청소를 다 끝낸 뒤에 반짝반짝 깨끗해진 화장실을 아이들이 쓸 것이라 생각하면 보람차서 힘든 줄도 모르겠다고 하셨어. 남편이 알게 되면 이 일을 허드렛일이라고 당장 그만두라고 할 게 뻔해서 여태 비밀로 하고 있다며, 고무장갑을 낀 손등으로 이마에 맺힌 땀방울을 닦으며 호호호 웃으셨어.

"세상에……. 여태 학교 화장실 전체를 혼자서 청소하고 계셨던 거예요?! 정말 대단하세요!"

일 년 가까운 시간 동안 얼굴을 뵐 때마다 서로 인사를 나누긴 했지만, 이런 사적인 이야기를 나누는 건 처음이었어. 이야기를 듣다 보니 그분이 자신의 일을 대하는 태도가 정말 멋있다고 생각했어.

어느 날은 무거운 캐리어를 들고서 택시를 탔어. 택시가 도착하자 기사님이 택시에서 내려 트렁크에 짐 싣는

걸 도와주셨어. 감사하다고 인사를 드렸더니 제가 해야
하는 일인데요, 라고 담담하게 답하셨던 기사님. 어쩌다
보니 그 말을 시작으로 집에 오는 동안 몇 마디 더 나누
었어. 기사님은 평생 은행에서 일하다 정년퇴직을 한 뒤
에 택시 일을 시작하셨다고 했어.

택시 기사가 된 지 어느덧 십오 년 차. 택시 기사로 일
하며 자신을 함부로 대하는 사람도 많이 만나 일이 힘든
건 사실이지만, 그래도 보람을 느끼는 순간이 더 많다고
하셨어. 가장 보람을 느끼는 순간은 당신이 누군가에게
도움이 된다고 느끼는 순간이래. 택시를 운전하며 세상
에는 생각보다 몸이 아프고 거동이 불편한 사람들이 많
다는 걸 알게 되셨다고 하시며, 그분들의 발이 되어 목적
지까지 안전히 모셔다드리는 이 일이 참 보람차다고 말
씀하셨어.

오후 세 시와 네 시 사이, 작업실의 커다란 창을 통해
밖을 내다보면 강물 위로 별 가루를 뿌린 것처럼 눈부시
게 빛나는 윤슬을 볼 수 있어. 그 반짝임을 바라보는 게

참 좋아. 하루는 멍하니 반짝이는 윤슬을 바라보며 생각했어. 학교 화장실을 청소하시는 선생님과 택시를 운전하시는 기사님처럼, '빛나는 사람들'이라는 말에는 무대 위 톱스타뿐만 아니라 자신의 일을 좋아하는 사람 모두가 포함되는 것이라고. 비록 자신이 하는 일이 누군가 보기엔 아주 하찮고 작은 일일지라도 그 일에서 보람을 느끼고 가치를 발견하는 사람, 누가 알아주지 않아도 묵묵히 자기 일을 하는 사람, 자신의 일을 즐겁게 하는 사람, 그런 사람들이 참 멋있다고 말이야.

미술 시간에 친구들과 내가 같은 자리에서 그림을 그려도 모두 다른 풍경을 담았던 것처럼, 살아가면서도 무엇을 바라보고 어떤 풍경을 내 삶에 담고 싶은지는 모두 다 다를 거야. 똑같은 상황에서도 무엇을 바라보고, 어떤 생각을 하느냐에 따라 내 세상이 기쁨과 행복으로 가득한 세상이 될 수도, 슬픔과 불행으로 가득한 세상이 될 수도 있어. 우리 삶에서 단 하루도 의미 없는 날은 없어. 나쁜 일이라고 해서 꼭 나쁘기만 한 건 아니야. 나쁜 일 속에서도 분명 윤슬처럼 반짝이는 좋은 일은 있어.

커다란 종이에 그림을 그릴 때처럼, 살아가며 한 번씩 은 한 발짝 뒤로 물러서서 너의 세상을 바라보는 시간을 가졌으면 좋겠어. 손가락으로 만든 작고 네모난 창이 너 의 소중하고 반짝이는 풍경을 가득 담기를 바라.

오늘도 나는 꿈을 그려

"너는 꿈이 뭐야?"

어릴 때는 심심찮게 친구들과 이런 질문을 주고받았어. 상대방의 이름과 안부를 묻는 것처럼 서로의 꿈에 대해 질문하고 대답했어. 그 시절 나는 지금보다도 궁금한 것도, 이루고 싶은 꿈도 많은 아이였어. 조명이 켜지는 책상과 내 방이 생기는 꿈, 60색 마커 세트를 가지는 꿈, 많은 친구를 사귀는 꿈, 만화가가 되는 꿈, 내 책을 만드는 꿈을 꾸며 자랐지.

그런데 어른이 되고나서는 이런 질문을 누군가에게 받지도 않고 내가 하지도 않게 되었어. 어른이 되면 우리가 꿈꾸던 그 많던 꿈이 모두 다 사라지는 걸까? 어느 날 문득 궁금해졌어. 그래서 사람들을 만나면 "꿈이 뭐예요?"라고 물었어.

"글쎄요…… 잘 모르겠어요"

"로또 당첨? 건물주가 되는 거?"

사람들은 대답을 어려워하거나 농담 반 진담 반인 것 같은 대답을 돌려주었어.

"최근에 하고 싶다고 생각한 것이 있나요?"

질문을 조금 바꿔 다시 물어보았어. 이번에는 이전보다 제대로 된 대답이 나왔어. 게임 회사에서 일하는 친구 오렌지는 건강해지면 그림 실력을 더 키우고 싶다고 했고, 동생 도토리는 창밖으로 초록이 보이고 층간 소음이 없는 따뜻하고 적당한 크기의 집으로 이사하고 싶다고 했어. 중학교에서 사회 과목을 가르치는 딸기는 틈틈이 소설을 써서 책을 내고 싶다고 했고, 서점에서 일하는 토마토는 부지런히 글을 쓰고 영상도 만들어 유튜브에 올리고 싶다고 했어. 온라인 글쓰기 모임을 운영하는 레몬은 작업실 겸 책방을 꾸리는 게 꿈이라고 말했어.

"…… 정말, 제가 꿈이 있었네요."

사람들은 입 밖으로 나온 자신의 꿈을 마치 처음 알게 된 것처럼 신기해하더라. 질문에 대답해 준 모두에게 그 꿈들을 꼭 이루게 될 거라고 진심으로 응원했어. 그러다 지금 내 꿈은 뭘까? 궁금해져서 한번 적어 봤어.

정혜의 가까운 꿈 목록(빠른 시일 내로 이룰 수 있는 것들)

- 독립 출판물 제작 및 북 페어 참가하기
- 도서관에서 온종일 책 읽기
- 도자기 만들기
- 필요 없는 물건을 버리거나 기부하면서 정리하기
- 남편 복숭아와 여행 다녀오기
- 시각 장애인을 위한 오디오 북 낭독 봉사하기
- 고양이들이 좋아하는 양말목 매트 만들어 주기

정혜의 길게 바라보는 꿈 목록(천천히, 오랜 시간이 필요한 것들)

- 아픈 왼쪽 팔이 나아 이전처럼 자유롭게 사용하기

- 우리 가족이 행복하고 아늑하게 지낼 수 있는 작은 앞마당이 딸린 이층집 마련하기
- 좋아하는 존재들과 함께 건강하고 즐겁게 살기
- 조금 더 다정하고, 조금 더 솔직하고, 조금 더 느긋한 사람 되기
- 내가 멋지다고 생각하는 모습으로 나이 들기
- 뭉근하게 오래오래 좋아하는 일을 하며 사는 귀여운 할머니 되기

신기하게도 꿈 목록을 적은 뒤 몇 년째 꿈만 꾸던 독립 출판물을 만들었어(그것도 네 권이나!). 그리고 동생 도토리와 함께 팀으로 독립 출판 북 페어인 '마우스 북페어'에도 참가했어(세상에, 북 페어 포스터 일러스트를 내가 그리게 되다니!). 열심히 재활 운동을 해서 아팠던 어깨와 팔의 움직임도 전보다 훨씬 나아졌어. 요즘은 토요일마다 도자 수업을 들으러 가고, 고양이들이 좋아하는 매트도 만들어 줬어. 그러고 보니 내가 적은 꿈 목록에서 벌써 네 가지나 이뤘지 뭐니.

스스로에게 꿈에 대한 질문을 한 지 짧게는 몇 달이, 길게는 몇 년이 흘렀어. 질문에 답했던 사람들은 지금 과연 어떻게 지내고 있을까?

오렌지는 요즘 새로운 그림 프로그램을 공부하고 있고, 건강도 정말 많이 회복했어. 도토리는 숲이 내다보이는 조용하고 햇살 좋고 따뜻한 집으로 이사를 가서 행복한 집순이 생활을 만끽하는 중이야. 딸기는 퇴근 후 틈틈이 쓴 소설로 책을 만들어 북 페어에 참가했어. 토마토는 매주 창작 플랫폼에 글을 연재하고, 유튜브에도 부지런히 영상을 올리고 있어. 마지막으로 레몬은 작업실 겸 작은 책방을 열어서 사람들과 여러 재미난 일들을 벌이고 있어. 놀랍게도 모두가 자신이 말한 꿈을 하나씩 이뤄 가는 중이었어.

꿈이 생기면 혼자서 생각하는 것보다 어딘가에 적는 것이, 적는 것보다 주위 사람들에게 말하는 것이 더 빨리 꿈에 가까워지는 길이라는 말이 사실이었어. 이 책이 나올 즈음이면 아마 내 꿈 목록도 새롭게 업데이트되어 있겠지?

어른이 되어 주위를 둘러보니 어떤 것을 정말로 좋아하고, 마음속에 계속 그 꿈을 그려 오던 사람들은 결국 그 일을 하거나 그와 맞닿아 있는 비슷한 일을 하며 살고 있더라. 참 신기하지? 무언가를 좋아하는 마음은 그 크기나 무게를 잴 수는 없지만, 우리가 상상하는 것보다도 훨씬 더 크고 힘이 센 것 같아.

꿈을 꾸는 건 마음속에 작은 씨앗을 심는 일이야. 그 씨앗이 다 자라기 전까지는 무엇이 될지 아무도 몰라. 지금 꿈이 없더라도 괜찮아. 언젠가는 마음속에 조그마한 꿈이 생길 거야. 그 반짝이는 꿈을 향해 나아가다 보면 생각지도 못한 걸림돌도 만나게 될 거야. 주위의 반대에 부딪히는 순간이 찾아올 수도 있고, 스스로가 만든 높은 벽 앞에 멈춰 설 때도 있을 거야. 그래도 나는 너희가 그 벽을 넘기 위해 계속 도전하면 좋겠어.

무슨 일이든 핑곗거리를 찾기 시작하면, 어느 순간 그 핑계들이 눈덩이처럼 커져서 정말로 할 수 없는 일이 되기도 해. 그러니 네가 정말 하고 싶은 일이 있다면 두려움이라는 마음의 허들 때문에 그 일을 할 수 없는 핑계를 찾기보다 먼저 그 일을 꼭 하고 싶은 이유를 찾으면 좋겠어. 이유를 찾기 시작하는 순간부터 우리의 생각과 행동은 계속해서 그 방향으로 나아가거든. 그러다 보면 세상에 못 넘을 벽이 더는 없게 될 거야. 뜨거운 여름의 무더위를 견뎌 낸 수박이 더 달고 맛있는 것처럼, 네가 가진 꿈들이 힘들고 어려운 순간들을 만나더라도 그 순간을 잘 보내며 속이 꽉 찬 열매로 여물어 가면 좋겠어.

"안녕하세요. 그림으로 이야기하는 사람, 정정혜입니다."

이십 년 가까이 사람들 앞에서 나를 소개할 때 늘 이렇게 말했어. 그런데 이제는 이 말에 단어 하나를 더 추가해야 할 것 같아. "그림과 글로 이야기하는 사람, 정정혜입니다"라고 말이야. 그림만 그리던 내가 책을 위한 글을 쓴다는 건 새로운 도전이었어. 가로막힌 벽을 만난 것처럼 글 쓰는 일이 어렵긴 했지만, 이 책 덕분에 지금 이렇게 너희를 만날 수 있고, 글 쓰는 사람도 될 수 있었어.

그림 작가가 되는 꿈을 지나 책을 쓰는 꿈을 완성하고

나니 눈앞에 또다시 텅 빈 도화지가 나타났어. 앞으로도 살아가는 동안 이렇게 계속 새로운 도화지를 만나게 되겠지. 이제는 전처럼 텅 빈 도화지가 두렵지 않아. 오히려 어떤 그림이 그려질지 기대가 돼. 앞으로 내가 만날 도화지에 어떤 새로운 꿈이 그려질지는 모르겠지만, 앞으로 해야 할 일이 무엇인지는 잘 알고 있어. 그건 바로 지금까지 해 온 것처럼, 나 자신이 재미있어하고 좋아하는 것이 무엇인지 스스로 끊임없이 질문하고 찾아가는 거야. 그렇게 꿈을 따라가는 것이 그림을 멋지게 완성하는 방법이라는 걸 너희에게도 꼭 말해 주고 싶어.

이제 텅 빈 도화지 위에 새로운 그림을 그려야 할 시간이야. 오늘 새로 그릴 내 꿈은 이 글을 읽고 있는 너희를 만나는 거야!

에필로그

　초등학교 오 학년 가을날, 아빠와 할머니와 같이 산을 올랐어. 할머니를 따라 민들레 잎을 따고, 바닥에 떨어진 도토리도 주우며 걷다가 산 중턱에 다다랐을 때 갑자기 폭신한 이불을 깐 것 같은 새하얀 억새밭이 눈앞에 펼쳐졌어. 내 키만큼 큰 억새를 어떻게 지나가야 할지 몰라 머뭇거리는데, 아빠가 손짓했어. 빼곡한 억새 사이로 누군가가 먼저 만들어 놓은 길이 있었던 거야. 우리는 다 같이 그 길을 걸어 산 정상에 무사히 도착했어.

　수업 시간에 아이들은 내게 많은 질문을 해. 그런데 아이들의 질문들을 곱씹어 보면 그 시절의 나와 같은 고민을 하고 있더라. 그림을 잘 그리려면 어떻게 해야 하는지, 그림을 끝까지 완성하려면 어떤 마음가짐을 가져야 하는지, 여러 가지 재료를 잘 다루는 방법은 무엇인지, 꿈을 이루기 위해 무엇부터 해야 하는지 등등을 말이야.

이 책을 쓰면서 나는 내가 걸어온 지난 시간을 되돌아볼 수 있었어. 학창 시절의 나는 사람들 앞에 서서 말하는 것도, 다이내믹한 놀이기구를 타는 것도 모두 무서워하는 겁 많은 아이였어. 그런 내가 신기하게도 그림처럼 좋아하는 일 앞에서는 딴 사람인 것처럼 용감해졌다는 걸 깨닫게 되었어.

대학교를 졸업하고 본가인 부산에 내려와서 일러스트레이터로 활동을 시작했을 때, 사는 곳이 서울이 아니라 미팅이 힘들다는 이유로 번번이 그림 일을 거절당하는 경우가 많았어.

하지만 나는 좌절하지 않고 그 상황에서 내가 할 수 있는 일을 찾아보았어. 생각보다 할 수 있는 일들이 많더라. 출퇴근길에는 손바닥만 한 연습장을 손에 들고 매일 지하철과 버스에서 만나는 다양한 사람들을 크로키 했어. 그 그림들을 블로그에 올렸더니 한 잡지사에서 인터뷰 요청이 왔어. 어떤 영화를 너무 재미있게 봐서 영화 속 등장인물을 그려 블로그에 올렸는데, 영화감독님이 우연히 그 그림을 발견하고 연락을 주셔서 그 영화의 디브이디(DVD) 일러스트를 그리기도 했어.

분명 내가 걸어온 시간 속에서 지난한 순간들도 많았지만, 결과를 생각하지 않고 그저 좋아서 한 일들 덕분에 신기하고 재미난 일들이 일어나기도 했어. 좋은 기회를 놓쳤어도 그 덕분에 또 다른 새로운 기회와 소중한 인연을 만날 수 있기도 했지.

어릴 때 언니 무화과와 동생 도토리 그리고 나. 이렇게 셋이 작은 방 하나를 같이 썼어. 형광등을 끄고 잠자리에 누우면 천장에 가득 붙은 야광 별 스티커가 눈에 들어왔어. 별자리라고는 오리온자리와 북두칠성밖에 모르던 나는 형광 연둣빛으로 반짝이는 야광 별을 손가락 끝으로 이어 가며 나만의 새로운 별자리를 그리곤 했어. 이렇게 별자리를 그리듯이 우리가 지나온 시간 위로 남긴 수많은 발자국을 차례차례 선으로 이어 가다 보면, 너희가 가진 스케치북 위에 저마다의 멋진 그림이 완성될 거야.

나도 계속해서 스케치북 위에 새로운 그림을 그려 갈 거야. 운 좋게 그림이 잘 그려지는 날도 있겠지만, 어떤 날은 또다시 잘해야 한다는 생각에 마음이 물 먹은 솜이불처럼 무거워지기도 하겠지. 하지만 이제는 내가 그린 그림이 햇빛처럼 그 마음을 다시 뽀송뽀송하게 만들 수 있다는 걸 알아.

할머니가 되어서도 따뜻한 햇빛 같은 미색 도화지 위에 그림을 그리며 화려하진 않지만 한결같이 꾸밈없는 새하얀 스케치북의 마음을 닮고 싶어. 지금의 나도 너희와 크게 다르지 않아. 스케치북의 다음 페이지에 이제 막 새로운 스케치를 시작했을 뿐이야. 이제 우리 같이 스케치를 시작해 보자!

이제 막 스케치를 시작했을 뿐이야!

© 정정혜, 2024

초판 1쇄 인쇄일 2024년 12월 20일
초판 1쇄 발행일 2025년 1월 10일

지은이   정정혜
펴낸이   정은영
편집   전지영 전유진 우소연
디자인   서은영
마케팅   최금순 이언영 연병선 송의정
제작   홍동근

펴낸곳   (주)자음과모음
출판등록   2001년 11월 28일 제2001-000259호
주소   (10881) 경기도 파주시 회동길 325-20
전화   편집부 02) 324-2347 경영지원부 02) 325-6047
팩스   편집부 02) 324-2348 경영지원부 02) 2648-1311
E-mail   jamoteen@jamobook.com

ISBN   978-89-544-5230-4 (43810)